U0837164

RENSHENGDE GUANJIAN
BUZAIYU NALE YIFU HAOPAI
ERSHI YAO DAHAO YIFU LANPAI

人生的关键，不在于拿了一副好牌，而是要打好一副烂牌

何小九 著

SPM
南方出版传媒
广东人民出版社
·广州·

图书在版编目（CIP）数据

人生的关键，不在于拿了一副好牌，而是要打好一副烂牌 / 何小九著. — 广州：广东人民出版社，2018.4（2019.9重印）
ISBN 978-7-218-12429-2

Ⅰ. ①人… Ⅱ. ①何… Ⅲ. ①散文集－中国－当代Ⅳ. ①I267

中国版本图书馆CIP数据核字（2018）第015128号

RENSHENGDE GUANJIAN，BUZAIYU NALE YIFU HAOPAI，
人生的关键，不在于拿了一副好牌，
ERSHI YAO DAHAO YIFU LANPAI
而是要打好一副烂牌

何小九　著

版权所有 翻印必究

出 版 人：肖风华

责任编辑：向路安
装帧设计：李俏丹
责任技编：周　杰　周星奎

出版发行：广东人民出版社
地　　址：广州市珠海区新港西路204号2号楼（邮政编码：510300）
电　　话：（020）85716809（总编室）
传　　真：（020）83780199
网　　址：http://www.gdpph.com
印　　刷：天津兴湘印务有限公司
开　　本：889毫米×1194毫米 1/32
印　　张：8.5
字　　数：180千
版　　次：2018年4月第1版 2019年9月第2次印刷
定　　价：36.00元

如发现印装质量问题，影响阅读，请与出版社（020-85716849）联系调换。

目 录

CONTENTS

Part 1 就算牌再烂，也别轻言放弃

目录

Part 2 现在的省力，将来的费力

CONTENTS

Part 3 越想得到，就越不能小心翼翼

目 录

Part 4 韶光变锦绣，温暖整个青春

CONTENTS

Part 5 这一生，父亲都在为我导航

目录

CONTENTS

Part 6 所有的奋斗，都有温暖的幸福

Part 1

就算牌再烂，也别轻言放弃

千万别轻易放弃手中的烂牌，
那可能只是一把普通的牌。
轻易选择出局，不会证明你的果敢，
选择去面对当下，才是勇气的表现。

就算牌再烂，也别轻言放弃

转眼之间毕业半年多了。最近和同学小聚，难免谈及这半年工作的感受。令我吃惊的是，居然好多人都在念叨着想换工作。去年找工作起早贪黑、焦灼难耐的场景历历在目，辛辛苦苦花了八个月找的工作，居然才半年左右就有这么多人想抛弃了。

换倒也无妨，只要清楚为什么换、想换到哪儿。但是，其中有些仅仅是对现状不满："这工作每天重复，无聊，看不到前景"；"我就像个小工一样，谁都可以支使我干这个干那个，不开心"；"工资太低"；"想去什么行业我也不知道，反正不是这种就行"。

当然，说是这么说，真正能行动起来的人估计也不多。但我还是有点替他们担心，如果半年前经过那么多比较和思考选的工作特别不合适，现在能选得更好吗？

前段时间看一档电视节目，有一个艺人说了这么一句话："以前的人，什么东西坏了就想修；现在的人，什么东西坏了就想换。"话里蕴含的道理让人深思：人生遇到不满意的境况，你是想修呢，还是想换呢？

现代社会的开放和自由程度已经远超从前，换工作已成为平常事，甚至有时候还成了一种正面的标榜：我是有想法有行动力的人，我是不安于现状不轻易屈服的人，我是不畏束缚有勇气从零开始的人！

可是，这样真的都很好吗？

打过德州扑克的人都知道，拿到牌之后，你是可以根据自己手里的牌的情况选择“参与”或者“放弃”的。我第一次玩的时候过于谨慎，一看手里的牌不是明显极好就选择放弃，结果呢？几轮下来都没参与几次，净赔了一堆盲注。实际上，极好和极坏的牌都是罕见的，关键看你怎么打。一看不是非常好就放弃，看似是“以小失换大稳”，其实结果可能是“求小败而弃良机”。

没想清楚之前，请千万别轻易放弃手中所谓的“烂牌”——那可能只是一把不能确保胜算的普通牌而已，可能是你玩十次中有八次都会出现的情形。轻易选择出局不是证明你有多果敢的方式，选择去面对当下的境况才是勇气的表现。

在我看来，衡量要不要离职的标准，是在这里还能不能学到东西。也许有人会说，学东西也有一个时间和收益比的问题啊。可是，人生是个复杂而曲折的过程，怎能奢求所有的时间都是最“高效”的那一段？适当把握好节奏，留点时间思考、找找未来的方向，是为了以后跑得更快。记得有篇文章算过一笔账，如果说一万小时定律成立的话，一个人每用七年时间就可以成为一个领域的专家；如果一生能活80岁，除去懵懂无知的前两个七年，除去可能老糊涂了的最后一个七年，至少还可以成为八个领域的专家！急什么？

看来，有些东西，你如果修不好，可能也换不好。就像一个“玻璃心”的姑娘到哪里都会觉得被伤害；一个脾气暴躁的人到哪里都很容易跟人吵起来；一个过于自卑的人跟谁在一起都会没有安全感。矛盾的产生可能是环境的问题，也可能是自己的问题。如果自身的问题“修”不好，换到哪里都一样。

如果是真的看清楚了状况并做出审慎的评估后，毅然决然选择及时“止损”，我举双手赞成。但是，如果只是因为“不爽”就稀里糊涂想离职，就不得不让人劝一句“请三思”了。不然，总有一天会有前辈们指着你的背影说：你看，我说对了吧，现在这些年轻人啊，就是这样眼高手低。

把生活的苦难酿成蜜糖

偶然看了一集热播的《离婚律师》，但凡有吴秀波的戏份，特别好，好到不想看其他闲杂人等的口水过场。

吴秀波红了之后，他讨喜的角色都有这样的特点，淡定从容，言辞精练，有幽默感和温度，一定是靠谱的，一定是有安全感的。让女性观众完全没有抵抗力。而我想说的是，吴秀波本人应该与这样的角色类型相似，他所呈现的状态，也许说明了，这是一个被生活扇过耳光的人，他挺住了，挺得很好！

很多记者写过吴秀波的成名之路。早年在酒吧唱歌，赚得盆满钵满，颇有人缘，爱买单，点菜必将菜谱上一半的菜点足，江湖人称“吴半本”。之后又开过酒吧、餐馆，尝试过多种营生，一度穷困潦倒。因《黎明之前》一夜爆红，成为男神。

他如此聪明而谨慎。前半生摊开来让记者写，各取所需，乐得交差。对于家人，却藏得非常紧，你只需要知道他不敢坐飞机是因为怕死，怕死了不能养活六口人就行了。他没有呼号“爱情宣言”，什么糟糠之妻陪我度过最低谷，不离不弃，什么我最爱的女人叫×××。他也没有传出绯闻和丑闻，但可以推想，他受到的诱惑一定很多，不管是定力非凡抵御了冲击，还是手段高明不为外人知，他做到了“我想给你们看的一面”。

前半生的江湖经验，那些在生活的血和泥中求生的经历，教给他的智慧是：稳住，稳住就能得到你想要的一切。

说到被生活扇耳光的问题，纵使含着金汤匙出生的人，也有种种不如意，比如，你爱的人，偏偏不爱你。林志玲有被劈腿的经历，李嘉欣为了养家辍学进入娱乐圈。在生活中小有成就的人，往往都是沉默的，不事张扬的。观察他们的人生轨迹，只不过是从泥和血中爬起来，洗干净，一步一步走上去。你甚至听不到他们一句抱怨，脸上也没有被摧残过的痕迹。提起过去，轻描淡写，一笔带过，才显得游刃有余。大肆话当年的人，格调不会高，品位更有限。再说，谁又愿意坐在那高高的谷堆旁边，听你讲那过去悲惨的事情。

所以，不必告诉你心仪的人，以前你曾走街串巷卖过餐巾纸，或者你被初恋如何践踏抛弃又重新自立，打住，那画面真的很难让人以妩媚的情绪来想象。

但生活，它不仅给你耳光，也给你运气，这却比失败更考验人的心智和耐力。比如低级职员的某人，忽然得到老板青睐，晋职加薪，立即去买了豪车庆祝，车牌未上就因酒驾吊销执照。再比如娱乐圈爆红的小鲜肉明星，名头尚未拿稳，却去吸毒欢庆新生。这样的命运，真是贱不可言，一部豪车、一点名气都无法承受。因此，假使被条件较好的人垂青，也千万不要在得知对方收入后，转身跟闺蜜炫耀：我的SLK有望了！否则奢望一旦落空将何以遣余生？

当老天爷心情爽，赏赐你一点好东西时，请小心、郑重、感恩地收藏。像蚂蚁一样，一点点搬运、累积美好。它们就是你的筹码，得到一定数值，你可以向生活换取更多的好东西。我们应该有这样的常识，你容貌美丽、事业有成、父母给力，不一定能换得人生圆满幸福，如相爱的伴侣、听话的儿女以及健康。但是，如果以上条件你都没有，那么，得到幸福人生的可能则更小，你必须加倍努力累积，并且谨小慎微。

最后回到吴秀波，我希望他能挺得更久一点，久到成为一个奇迹，一处光明的所在，请坚持呈现文章开头那些美好的状态，保持敏锐、审慎，保护家人，抵御诱惑。我们很需要一个真正的奇迹来证明，生活给你的耳光，终究都变成了蜜糖。

别人放弃的，未必不是我们的机会

1994年，南非举行历史上第一次多种族总统大选，著名黑人领袖曼德拉当选呼声最高。台湾华视打算派记者前去采访，但由于南非境内很多反对分子经常制造爆炸事件，此前已经有七名外国记者惨死在南非的报道前线。因此，华视很多老牌记者都不愿意去南非当“炮灰”。这时，刚进入华视不久的新人——26岁的胡一虎却主动请缨前去采访。

到达南非首都约翰内斯堡后，胡一虎得到消息，曼德拉将会在另一座城市德班出现，在选举结果揭晓前会有一个简短的讲话。摆在所有记者面前的有两套采访方案：一是前往德班采访曼德拉，二是留在约翰内斯堡采访南非时任白人总统德克勒克。大部分记者都选择了第二套方案，因为如果飞往德班，不一定能采访到曼德拉，也无法采访德克勒克，这就意味着两头落空。为了稳妥和安全，华视指示胡一虎也去采访德克勒克。为了不留下毕生遗憾，胡一虎执着而果断地决定：去德班采访曼德拉。

胡一虎飞到了德班，来到曼德拉将发表演说的露天广场。广场上人山人海，排在人群前面的是CNN、CBS、美联社、路透社的一大群欧美名记，他想接近曼德拉几乎是不可能的。怎么办？胡一虎急中生智，混入了正在进行文艺表演的人群中。胡一虎看到人们都在用当地土语喊着口号，便问身旁一位黑人小伙子他们喊的是什么意思。黑人小伙子告诉胡一虎，他们喊的是“天佑南非，曼德拉万岁”。于是，胡一虎就跟他们学用当地土语喊口号。这时，曼德拉朝着胡一虎所在的表演人群的方向走来。当看到曼德拉离自己站的位置很近时，胡一虎果敢地拿出话筒，用南非土语向曼德拉所在方向大声喊道：“天佑南非，曼德拉万岁！”

突然听到一个黄皮肤的东方人居然在用南非土语喊口号，曼德拉感觉很好奇，更感到亲切和友善，于是主动走过来与胡一虎握手。胡一虎趁机把话筒递到曼德拉面前，用早已背熟的英文向即将成为南非历史上第一位黑人总统的曼德拉提问，曼德拉热情地回答了胡一虎提出的几个问题。那一天，胡一虎成为亚洲记者的骄傲，因为他是亚洲唯一采访到曼德拉的新闻记者。

在别人放弃的机遇里成就自己。正是这次采访，让大家认识了胡一虎，记住了这位充满勇气和智慧的记者，也让胡一虎攀上了记者生涯的一座高峰。

高手向来寂寞，庸手从来嫉妒

某单位有一位青年业务骨干，人聪明，也要求进步。他有一项过人的本事，可以随时说出全世界有影响力的国家，并可以记得不少国家首脑的名字以及他们的岁数。当然，他也记得全国著名的国企、民企的主要负责人的名字，以及他们的简历等。

别人问他为什么有此本事，他认真地说，这些都来自他父亲的教诲，因为他父亲过去老担心不了解领导会吃亏，担心不知道领导的“好恶”自讨苦吃，担心领导会整他。所以，他告诫儿子，必须清清楚楚地研究自己的领导，研究他们的喜怒哀乐、爱啥恨啥，研究他们感兴趣的和不感兴趣的事情。

这样一来，竟然成了他的一种“心瘾”，结果他对什么都好奇，都想知道。

年轻人说，这些研究有不少好处，经过琢磨，人就可以趋利避害，不会自找麻烦，就会省去许多苦恼。这青年觉得自己很有成就感，一说起这事，总是谦虚谨慎地微笑，也让你散去疑惑，表明他的研究没有恶意。

其实，有这种嗜好的人并不少。你可以在不同单位随意问一些员工，你问，你舅舅今年多大了？你表哥今年几岁啦？他们没几个能准确说出来。但你问，你们一把手今年贵庚？你们领导的太太在哪里工作？他们会很准确地告诉你，而且极少有错，像一个户籍警察。再比如，自己老婆喜欢穿什么颜色的衣服，有什么款式，只知道个大概。但领导穿什么衣服、戴什么手表、系什么皮带、穿什么牌子的皮鞋、喜欢吃什么，多数人记得很清楚，其好奇心、记忆力会吓你一跳。

社会变了，一切都在变。例如，过去用人主要是领导说了算，现在是无记名投票和推荐相结合，如果你的推荐票老上不去，你天天研究领导人，研究三皇五帝都没有用。

无数的事实证明，不少被整、被贬损、被攻击的人，他的对手大多是平级，或是职级比他低、影响力也比不上他的人。你如果不相信，可以去搞实地调研。并且，你会惊讶地发现，的确存在社会心理学中称的“非正式群体领袖”，他们某些时候的力量，往往高于单位领导人。现在的舆论制造者、谣言制造者、狙击手、造势者频繁出现，细细一查，发现其源头就在身边。

我们渐渐清楚了，高手不去计较一般事，一般人却瞎操心别人的事。聪明人都知道，人在前进中，只会搬开挡道的石头，上山只会劈开影响其攀登的荆棘，而绝不会放火烧山，不会去管那些对他不构成威胁的人和事，更不会去打击其他艰难攀登的人——人家并没有威胁你、阻碍你，你仍然去瞎整、瞎弄，那将大失民心，必定后患无穷。

逆境，
是重新洗牌的时机

曾经面试过一个人，学历经历都不错，看起来也很精神。在一家500强企业工作了一年半，然后在福布斯最有潜力企业榜中列名的一家公司干了四年，最后在一家意大利企业做了一段时间。

我问他，第一家500强公司不是挺好的吗？为什么要离开？他说，这个公司离家比较远，而且做的事情比较重复，干了一年半之后就想出去闯闯。

我问他，如果你坚持在那里干五年，是不是现在的情形会好一些？他沉默了一会说，是的，当初要离开的时候，其他部门的领导也问他为什么这么耐不住寂寞，机会总会来的，他们正要招人。

然后我又问他，第二家企业也不错，为什么要离开？他说，领导说要提拔他，结果后来公司经营起了波动，领导跳槽走了。新来的领导安排他做不喜欢的工作，他觉得没前途就走了。

我问他，如果在第二家公司挺下去，是不是也能挺得住？他说是的，当时太冲动了。我帮他分析，老板都比员工想象得要聪明。你能看到的问题，其实他也看得到，他有的时候不处理，并不是因为他没看到、没能力或者不愿意解决，而是时机不对。其实在第二家公司，正好面临上市失败、产品注册遇到困难等一系列事情，高层领导这时候最需要下面的人一起熬过难关，一定会支持留下来的人的工作，或许你留下来坚持一段时间，情况就会有转机了。

他听完了又不说话了。对他来说，最重要的不是过去而是未来，但他有没有从过去学到东西，这是我所担心的。大多数时候，事情是慢慢发展的，不会一蹴而就，这时候就需要些耐心，需要等待。或许，心态好一点，耐心多一点，事情就会不一样。

我刚加入现在公司时，虽然同事们很尊重我，但总把我的话当作理想主义的呻吟来听。老板虽然承认我说的很有道理，但怀疑其可执行性，总认为是我太理想化，或者觉得我原来的工作经验并不适用于现在的公司。我用了三年的时间让他们改变看法，让老板逐渐相信我的做法能够成功，并逐渐给予越来越大的授权。

这个过程其实挺苦闷的，我也没有什么好的办法让人在一夜之间就相信我，我的办法就是等待和坚持。不被重视的经历大概每个人都有，但是在这种情况下，你该怎么办？辞职还是等待？

有很多时候我们需要等待，需要耐得住寂寞，等待属于你的那一刻。周润发等待过，刘德华等待过，周星驰等待过，郭德纲等待过，张艺谋也等待过……看到他们如今功成名就，可曾看到当初他们的等待和耐心？你可曾看到金马奖影帝在街边摆地摊？可曾看到德云社一群人在剧场里给一位观众说相声？可曾看到1983年的《射雕英雄传》中，周星驰饰演的角色连一句台词都没有？

每一个成功者都有一段低沉苦闷的日子，我几乎能想象得到他们借酒消愁的样子，我也能想象得出他们为了生存而挣扎的窘迫。在他们一生中灿烂美好的日子里，他们渴望成功，但却两手空空。没有人保证他们将来一定会成功，但他们的选择是耐住寂寞。如果当时他们放弃了，转行了，你觉得他们今天会怎样？

20多岁的男人，没有钱，没有事业，却有蓬勃的欲望。

人总是会遇到挫折的，人总是会有低潮的，人总是有要低声下气的时候，这些时候恰恰是人生最关键的时刻。因为大家都会碰到挫折，而大多数人过不了这个门槛，你能过，你就成功了。

在这样的时刻，我们需要耐心等待，因为生活不会放弃一个有准备的人。至少，你还年轻，还有大把时光去尝试。路要一步步走，虽然到达终点的那一步很激动人心，但大部分的脚步是平凡枯燥的，若耐不住这些寂寞，你终归无法迎来最后的激动人心。

逆境，是上帝帮你淘汰竞争者的地方。你必须知道，你不好受，别人也不好受，你坚持不下去了，别人也一样，你失去耐心只能让别人获得坚持的信心。让竞争者看着你微笑的面孔，失去信心，退出比赛。胜利属于那些有耐心的人。

上帝的好牌和坏牌

有这样一个故事：美国前总统艾森豪威尔小的时候，一天和妈妈玩纸牌，连续几次都抓了很坏的牌，他开始抱怨。妈妈说，不管牌怎样，你都该继续玩下去。人生也是如此，发牌的是上帝，不管怎样的牌你都必须拿着。你能做的就是尽你全力，求得最好的结果……从此以后，艾森豪威尔一直把这句话当作他的座右铭，总是尽力做好每一件事。最终，他成为美国第34任总统。

“发牌的是上帝，不管怎样的牌你都必须拿着。你能做的就是尽你全力，求得最好的结果……”这话讲得多好啊！

德国伟大的音乐家贝多芬，32岁时失去听觉，面对这张残酷的“很坏的牌”，贝多芬也曾痛苦、绝望过，但他最终没有屈服。他尽自己的全力，将无数的挫折粉碎，最后赢得了胜利。一手“很坏的牌”却被贝多芬打出了精彩，打出了辉煌。

人生如玩牌，只要你用心打好手中的每一张牌，特别是“很坏很坏的牌”，那么谁能说失败就一定属于你呢？

“渴望三天光明”的海伦·凯勒，上帝给她的是“从小双目失明，双耳失聪”这样一张可怕的牌，但她也照样打出了精彩，成为世界闻名的作家。“渴望拥抱太阳”的陈阳，正值花季之时，却收到一张“身患绝症”的坏牌。但她没有哭泣，即使到了生命的最后时刻，歌声也总是萦绕在她的身旁，她把自己仅有的几张牌打得熠熠夺目。古今中外无数事例，向我们昭示着这样一个道理：人生是不能靠命运来安排的，只要我们怀着“大鹏展翅恨天低”的豪情，每张牌的命运不都在我们手中吗？

有首歌唱得好：“春去春会来，花谢花会开。”年轻的我们应有百折不挠的坚韧性格，即使是短暂的流星也会有闪光的一刻。只要坚持不放弃，幼小的竹笋终能顶翻头顶的石头。我们乐观坦然地面对一切，上帝终究会被感动，会发出灿烂的“好牌”。

谁又能怀疑呢？

生活的艺术，在于把“烂牌”打好

1973年，他出生于台南小镇一个普通的家庭。高中时，他似一匹脱缰的野马，逃课、逃家、飙车样样来，每天在游乐场和撞球间混，他是众人眼中的浪荡子。他甚至瞒着父亲“拒绝联考”。被发现后离家出走，把父亲气到快进精神病院。从此，他在社会大学里修炼学分：干搬运工、水泥工、货车司机，到处打零工养活自己。有一段时间，他不得不睡游乐场楼上的夹板床，和三教九流蹲坐在墙脚边抽烟。

21岁后，他和好友合伙三度做生意，从健身器材、RO逆渗透机到汽车用品，但没一个生意超过半年。两年后，他进入一家公司卖韩国现代汽车，照样过着颓废的生活，日夜颠倒，每天上班都迟到。后来他的车子丢了，就在那一晚，兼职创业的他又被合伙人骗走了100多万新台币，心情沮丧到了极点。在社会大学里跌跌撞撞了几年，他猛然醒悟，人生不可以再荒唐下去！

然而，他手中拿到的却是一副烂牌——有多烂？

第一张烂牌——他没有富爸爸，且只有高中学历。

第二张烂牌——现代汽车在台湾地区顾客满意度排名中倒数第二名。

第三张烂牌——现代汽车的销售量倒数第一。业界人士形容，“卖一辆现代汽车，比卖三辆丰田还难”。

第四张烂牌——公司财务状况不佳。他服务的公司连续多年亏损，财务危机不断，公司给业务员的资源少得可怜。

第五张烂牌——销售据点在穷乡僻壤。他所在的营业处位于台南县佳里镇，居民不到六万人。而营业处的150多位业务员，几乎都跳槽了，只有他和20来位留了下来。

他决心在这片贫瘠的小池塘里当王，而不到大海里当小鱼。

一开始，他得面对销售弱势品牌的挑战，因为品牌不强，客户很容易变卦，那一年，他连年终奖金都没有领到。但他没有被打倒，他激励自己：“好卖的车，谁都会卖。如果我卖别人不想卖的车，就很少有人和我抢客户，我就有更多机会。”

山穷水尽之时，他信奉全球最伟大的汽车销售员乔·吉拉德的“二五〇定律”：满意的顾客会影响250人，抱怨的顾客也会影响250人。这后来成为他制胜的秘籍。凭着憨直、真诚、“被拒绝九次仍不放弃”的付出，他赢得了客户最深层的信任。很多客户变成他的铁杆儿“业务员”，来帮他卖车，甚至有一位半身不遂的客户，只剩下一张嘴巴能动，还在帮他介绍客户。

在他眼中，事事物物，皆是美好。别人眼中，现代汽车是韩国品牌，品质不好，更换零件不方便，但在他眼里，现代车却“有法拉利设计师设计的流线外形，使用的是奔驰引擎”；愿意买现代的客人少，他会说，“客户少，能提供给客户的服务才能做得更好，这是我们的优势”；碰上公司连年亏损，连每年发送客户的月历礼品都限量配额，他却说，“这样我才更能仔细选择真正会买车的客人”……

2005年，他竟然卖出205辆汽车，平均1.8天一部车！创下台湾有史以来年度最高汽车销售纪录。那一年，他的年收入达560万元。

他就是台湾销售天王——林文贵。2007年9月中旬，他成为第一届《商业周刊》“超级业务员大奖”金奖得主！评委给出的评语是：“他就像生长在悬崖上的兰花，没有土，没有水，悬崖上的风还很大，自己却从细缝中活出精彩。”

上帝给予谁的都不会很多。人生中真正重要的不是我们手中握一把什么样的牌，而是如何去打。有了正面的思考、积极的心态和不懈的努力，即便我们连一张好牌都没有，也能靠自己一路打出好牌，更能从一片恶土上垦出一座漂亮的花园。

选择没有对错，只有努力的程度

我弟弟小时候和爸爸出门，回程天气很热，路上有人卖冰棒，爸爸问他要不要吃，他摇摇头说："我不热，我不要吃冰棒。"回家后我爸爸写了一篇日记，说孩子很懂事，知道家里穷，即使想吃仍回答不要。

我弟弟做的选择，满足了爸爸而非自己的欲望。弟弟是我这一辈小孩的缩影。连饭都吃不饱的年代，生存是唯一目的，怎么可能让你做选择？就算让你选择，你也知道哪个选项是大人想要的。

你以为孩子在做选择，但是他的选择只有两种：一种是真的知道自己要什么；另一种是，他的选择是为了满足大人，而非自己，像我弟弟和我女儿就是这样。

儿子、女儿和我生存的年代不同，他们从小就有很多选择机会，但两个孩子从小在"做选择"这件事上，反应截然不同。

哥哥很自我，每次都选最好的、最大的、最贵的，总是反反复复、犹豫不决。妹妹则很坚定、没有一丝犹豫，总选择最简单合宜的。他们小时候我有种误解，以为哥哥不懂自己要什么，而妹妹很会做选择。

一直到妹妹20几岁，跟我抱怨一件事，我才知道误会大了。

有次，全家去香港玩，念小学的哥哥和幼儿园的妹妹，回程可以去玩具反斗城各挑一个玩具。妹妹一开始就挑了个哪里都买得到、不到100元的小黑板。哥哥从进门那刻起，一直挑一直换，最后挑到一个800元的蝙蝠侠。结账途中，看见一个限量版、要价4000元的蝙蝠侠，又换，“我要这一个！”他妈妈终于发火了，认为他没主见，只会选最贵的，不准他买。是我出面缓解，替儿子说好话，兄妹才皆大欢喜带着自己选中的玩具回家。

事隔20多年，妹妹对这件事竟然还耿耿于怀。她说，选完就后悔了，可是我们赞美她的坚定，拿她的表现骂哥哥，所以她不敢换。但她很羡慕哥哥，每次都这么坚持地要，不惜大哭大闹，最后都得到想要的。

就如女儿说的，我儿子是要选就选最好的，努力争取。从小，他喜欢的女生都是全校最漂亮的。高中时我还帮他追过女生，虽然没追成，他也不以为意，至少试过了。

大学毕业，他想出国念电影，没拍过电影也非相关科系毕业的他，竟然填了美国电影研究所最好的前十所学校。我在电影圈的朋友笑他；我也劝他选择符合他程度的学校。他说：“爸爸，出国念书要花那么多钱，如果不能念最好的，我在国内拿文凭就好。”后来，他被哥伦比亚大学录取，毕业作品回国也拿到了金穗奖。

他就是这样，一路都要最好的，努力去要。别的父母可能会骂他一顿，说他好高骛远、不实际。可是你为什么要阻断他对未来的想象？何不让他去，失败了再想办法，只要他愿意承担后果，为选择负责就好。

不敢要的女儿说："我要休学！"

从小温暖体贴、做选择果断，人生看似一帆风顺的妹妹，高中时面临了很大的生涯困惑。高一上学期结束，她跟我们说："我要休学！"

从小在我们家教育下，她知道，生命有许多可能；但她念的明星中学弥漫着"只有前三志愿才是学校"的价值。她那年没考上前三志愿，这个挫败让她对自己没自信，对学习产生怀疑。

我女儿提出休学，我要她给我半天想想。我和太太去散步，半天后我们同意了，但是有两个条件：第一，自己规划休学后的学习与生活；第二，把高一念完再休学。

整个高一下学期，她都在为未来的休学生活做准备。规划休学后，每天早上7点半听《空中英语教室》，然后开始一天的学习、创作，看书加强国文能力，找课程补强对天文学的兴趣等。家中还留有一本写满同学祝福的纪念册，她向全世界宣告要休学，断了自己的后路，决心下得很大。

办休学手续的前一天，她写了一封信给我，说她这五个月够了，她其实是在闹情绪，因为高中考坏了，所以过不了关；现在想通了，决定高中读完，大学要念设计。想通了，知道念高中是为了什么，就比较快乐、比较甘愿，她选择念完高中后考大学。

我非常平凡，如果我的孩子很乖、很优秀、一帆风顺，我会像一般父母一样，非常高兴。但多数的情况是，你的孩子可能很普通，学业不突出，也没有特别优秀。我只是很了解，生命本来就是这样曲曲折折的。

我念过生物系，当过生物老师，放弃在美公费攻读博士的机会返国写作，写过小说与散文，做过电影与电视，每次生命的转换，没有因此就不害怕。我只知道当老师无法满足我，我只知道我不喜欢美国的科学家生活，但我喜欢什么？我说不出，当我隐约知道这似乎是我要的，我就去追求。

在这样心情下长大的人，当了爸爸，会很小心翼翼的，不轻易扑灭孩子的想法，不轻易告诉孩子应该做些什么。

我并不是多么英明的爸爸，知道孩子未来的道路。我只是真心相信，大人一辈子做这么多错误的选择，真的没有比较高明，不会知道哪一个选择是真正“正确”的选择。而且，选择也无所谓对错。你是谁，你要什么样的人生，都会决定你做的选择。

就算选错，人生也不会因此就毁了。儿子也曾经问我：“如果我后来去婚纱店当摄影师，你会不会很失望？”我说不会，然后说：“如果你告诉我，我终于明白我走错路了，或是电影根本没有路，你当婚纱摄影把自己养活，有什么不好？”他说：“这样根本不需要去美国念书那么久。”我告诉他，那是你人生中很珍贵、奢侈的一段生活，爸爸可以帮你做到，我也很高兴。我大学念生物系四年、医学院工作两年，公费到美国念书又放弃，不是浪费了十年吗？我后来做的电影、电视看似和这些经历无关，可是我的确因此和别人不一样。

我为什么那么放心让小孩自己做选择？因为我已经看清楚，人生的路每一段都有意义，失败也好，走错路也好，最后都让你变成今天的自己。

孩子小的时候我很少会跟他们说：“我教你。”只是在他做选择的时候，陪着他去看，你是怎样的人？有哪些优点？适合什么？从他的个性中找出他适合的方向，他会比较有自信，有自信的人比较不容易做出错误的决定。

只要活着，
没有哪个挫折能毁掉你

1

在一次旅行途中，我遇到一个女人，45岁。

她说，自己之所以把年龄记得这么精确，是因为在43岁到45岁之间，发生了太多事。

日子太难过了，总是被出其不意的苦难塞得满满当当，一日如隔三秋。

当她还是个小女孩的时候，老人家说，嫁汉嫁汉穿衣吃饭。她就这样懵懵懂懂地被人哄上了花轿。

人家说好多白头偕老都是稀里糊涂地开始，可是很不幸，她要白头偕老的那个人，不太好。

结婚后，那个男人耽于牌桌，输了钱就把家里翻个底朝天。喝醉了酒，操起酒瓶子就往她头上砸。她一直安慰自己，人生也就这样了，忍一忍就过了吧！

43岁那年，独子车祸离世。祸不单行，这件事也成了压塌夫妻感情的最后一根稻草。本来就貌合神离的婚姻走到了尽头。

老公给她分了共同财产里的半套房，她把自己的那一半卖了，独自踏上旅行的路。45岁的女人和我们一起住在条件不太好的胶囊宾馆，在半夜里趴在床栏上“夜聊”。

对于45岁的旅行，她说：

“因为太想要重新开始自己的人生。”

而她确实这样做了。她和我们一起摆弄三脚架，学用自拍杆，一起摆各种各样的奇怪表情拍照。那时候，开始流行“对嘴”视频，她也学着录起来，吹胡子瞪眼，把金星那句“橙汁儿”学得惟妙惟肖。

我们一起去体验最大的室内乐园，她玩得像个小孩子，高举着人偶棉花糖，粘的满脸都是糖渣。

她说，这都是以前想都不敢想的事情啊。感觉活了半辈子，终于捡起了自己的人生。

后来，我们分开了。在微信上，我也不时能看到她的最新动态。最近的一条，是她有了新的丈夫。

决心放下以前的生活，才会有未来的人生。

将垃圾一样的人生翻盘，才是最有意思的事儿啊！

2

我不喜欢6月，是从多年前的一个6月开始。

自从高考过后，每个6月都能勾起我不太好的回忆。

我的人生在高考之前都算得上是顺遂，我拿了很多奖，考上了全省最好的高中之一，是性格特别好、活泼又可爱的“别人家的孩子”。

这里请允许我适当地自夸。因为俗话说，飞得越高，摔下来就越惨。

我是充满信心地走进考场的，在考试之前甚至没有做过一次模拟考卷。

我没有规划时间，按自己平时的手感做题。在临交卷的时候我才发现，背面选题的地方还是一片空白，于是紧赶慢赶，终于在最后时间内完成，我大舒一口气。

结束的铃声响了，全场停笔，收卷老师从我手上收过试卷的那一刹那，我突然发现自己没有填上选答题的题号。我尝试了拖延交卷，但是无果，我眼睁睁地看着自己没有答完的卷子被监考老师收走了。

回来的路上，我在车里使劲憋着眼泪。一回到家，所有的情绪都忍不住了，我从踏进社区大门那一刻开始哭，到家里直奔进厕所，吐得一塌糊涂。我妈被吓得手足无措地呆立在旁边，不停地说：“没事吧，没事吧。”

我还记得那顿饭，我妈煮了油焖大虾。那些虾个头儿奇大无比，可我一筷子都没动。

下午考英语，我调整好情绪坐进了考场。边做着，眼泪边往下掉。

那天晚上，我没有什么过激的反应，该吃饭吃饭，该去庆祝庆祝。

在KTV里，我跟所有人说我这次考试失常了。在五颜六色的频闪灯下，大家都涨红着脸嘻嘻哈哈地说，大家都是这么说！

那一刹那，想着这个世界全是没日没夜欢笑的人们，觉得自己格外凄凉。

3

我真正开始惶恐是在几个月后，因为我意识到，它好像真的改变了我的整个人生。

很多人开始因为它而全盘否定你。从前夸你聪明，现在说是“只会耍小聪明”；从前夸你多才多艺，现在说那是“不务正业”；从前夸你思维活跃，现在说这是“不够专心”。

在很多人眼里，转折点太重要了，所以，只要你在转折点上失败了，你的所有都是失败的：

因为你的婚姻失败，所以你一定一无是处。

因为你高考失利，所以你一定一无是处。

因为你的工作面试失败，所以你一定一无是处。

你也慢慢开始因为一次失常，而逐渐承认自己永远低人一等。

我去了一个一般的大学，也因此有了一个看起来前途未卜的、一般的未来。

我原来幻想过的未来，像是永远离我而去一样。周遭的一切，时刻提醒着我：好马配好鞍，而你这匹小骡子，怎么配得上草原？

那段时间，我真的以为自己的未来，真的就这样黯淡无光。

现在想起那段时光，真是觉得可笑。那时候以为特别重要的、能改变一生的转折，在今天看来也不过就是“条条大路通罗马”中，用来试错的那一条路。

4

后来写到这段经历，有读者和我说，这本来就是你的错啊。是啊，很多时候正是因为内心默认了是自己的错，才没法好好面对。

遗憾的是，有些错误从来就没有给我们改正的机会。

为了一场考试，你课下努力听讲，考场上奋笔疾书，却比之前降了两分，就觉得人生无望。有人连书都没翻，从30分降到0分仍处变不惊。

正因为认真生活了，被伤害才格外疼痛。

可是，既然是这么念念不忘的认真，一定会有回响啊。

人们总是提纲挈领地总结：高考是第二生命、婚姻是第二生命。当然，他们确实改写了很多人的命运。从此飞黄腾达，人生百味，只甜不涩。

倘若因为没有抓住最大的改变机会就放弃人生，又怎么有机会发现，生命中更多细碎的机会？

太宰治在《人间失格》里写过一句话，大意是：“我本想这个冬日就去死的，可最近拿到一套鼠灰色细条纹的麻质和服，是适合夏天穿的和服，所以我还是先活到夏天吧。”

那些全军覆没的孤独时刻，是专属于成长的时间。没有再保持姿态往下走，又怎么知道这个失败的转折之后接着又会有多少个转折，能把你的人生复位，或者过得更好？

没有一个转折可以完全毁掉你的人生。

你看等你走过了难熬的18岁，还会有同样甚至更难熬的28岁、38岁。

如王小波所说，要强忍着绝望活在世上。等到有一日熬过，就会发现不过如此。敢揭开的伤疤，早已经不是伤疤了。

我把当年高考完写的一条微博送给你：

告诉自己，一定要过得很好很好。在若干年后的某个6月，面对某个落榜而失声痛哭的小孩子，就像面对今时今日的我一样，搂搂她的肩说，丫头，有什么好哭，喏，当年我也一样这么哭过，可是你看，我现在过得，比谁都好——然后看她的眼睛里闪出灼灼的光亮。

我现在真想告诉你，没有一个转折会彻底毁掉你的人生。婚姻亦是，考试亦是，机会亦是。

没有一个转折能毁掉整个人生，只要活着。

只有绝对的实力，才能征服世界

最近，在和高中的学弟学妹接触时，我发现几乎每一位高中生，在说起自己某一科成绩不够好的问题时，总会把原因归结为自己没有好心态或者是没有自信。

我先给大家讲一个故事，主人公是美国著名射击运动员马修·埃蒙斯。

2004年8月22日，雅典奥运会男子步枪三姿决赛，马修·埃蒙斯以绝对优势领先进入男子步枪三姿的最后一枪——他只要不脱靶，拿金牌就仿佛探囊取物。

于是，像之前一样，埃蒙斯耐心地端起步枪，慢慢地瞄准，稳稳地扣动扳机——成功将子弹送到了隔壁的靶子上，把近在咫尺的金牌拱手让给了中国老将贾占波。那时候很多专家就认为埃蒙斯虽然能力出众，但是心态不够好。

北京奥运会上，埃蒙斯在倒数第二轮时领先将近四环，但就在金牌几乎唾手可得的情况下，他又一次重演了雅典的悲剧。

2010年，他被诊断患有甲状腺癌，在纽约一家医院做了手术。在身体恢复之后，埃蒙斯并未放弃，他重新举起了步枪，并获得了2012年奥运会的入场券。不过，相同的失误依然重演，在决赛第九枪还领先对手一环多的情况下，埃蒙斯最后一枪只打出7.6环，将几乎到手的银牌拱手“送给”韩国选手金钟铉，只获得一枚铜牌。

讲完这个故事，我问学弟学妹：“听完这个故事，有什么感想呢？”

这时候大多数人都说：“埃蒙斯心态不好才失败了，我也正是因为没有好心态才学不好啊！”

我对他们说了下面的话：埃蒙斯因为心态不好导致的失误确实令人惋惜，但是在世界上60多亿人中，埃蒙斯曾四次打进奥运会决赛并拿到三枚奖牌，虽有遗憾，但终究是做到了其他几十亿人都没有做到的事情，怎么可以说他失败了呢？即便拿到的是铜牌，他依然值得享受全世界的关注和掌声。他顽强守护自己的射击梦想19年，在患癌后，依然不放弃训练和参加比赛，正是这种执著的追求和超常的行动力让他成为世界闻名的射击运动员。假如他只是盲目自信，不付出努力，每天只是对着蓝天白云青山绿水大喊：“我埃蒙斯要拿金牌！”不要说是铜牌，连奥运会的入场券他都拿不到。

我想对学弟学妹说的第一点就是，心态波动对于学习成绩有一定影响，但是这种影响最多只是让你的成绩从原本该拿的金牌变成银牌，银牌变成铜牌，就如一个985高校变成一个211高校，这种影响只会限于一个很小的区间内。就算你心态再好，每天嚷嚷着一定要考上清华北大，但是却上课玩手机、放学玩网游，不思进取，那么能上一个二本就算不错了。不要放大心理素质的影响，一只蚊子就算再有自信去咬一个人，使出再多的花招，它还是躲不过被人一掌拍死的命运，因为在绝对力量面前，任何的幺蛾子、花招都是没用的。

什么是绝对力量？你的努力和行动就是学习中的绝对力量。

每个人只有在竭尽全力后，才有资格去谈论心态这回事。没有经过风雨的洗礼，不愿意接受磨难，不愿意咬牙坚持却还相信自己能有个好未来，这样的好心态和自信是盲目的，而且是应该被嘲笑的。你说你不自信、心态不好，也只是因为你每天总是比班里其他学生起得晚、不愿意背书、不愿意练习，碰到困难不愿意去想办法解决，坚持不下去而已，你的不自信是因为你“心虚”啊！

愿你用行动征服世界。

社会虽功利，但别等撞墙之后才努力

1

上个星期看了很多招聘信息，参加了很多场面试。其实找工作跟谈恋爱是差不多的，你看得上的公司未必看得上你，而看得上你的公司你未必看得上。所以，很多时候还是需要一点缘分和契机才能“两情相悦”。

找工作的流程大都相似，网上投简历，如果符合条件，HR会邀约面试，或者你把简历挂网上，也能得到一些面试机会。我没有海投简历，与自己能力基本吻合的才投。

有些公司条件福利待遇各种好，工作内容也是我喜欢的，满怀希望地投了，但是石沉大海，因为我不符合它的某些要求。印象最深的是一个公司的其他要求都符合，唯一一点不符合的是英语水平没有八级。

突然想起之前一个“大牛”跟我说的，英语不能弱，英语好可以增加很多机会。当时我不以为然，如今失去机会才意识到问题的严重性。

自从开始有了英语这个科目后，我的软肋又多了一根，整个学习生涯，英语都拖着我的后腿死不放手。可是，越是拖你后腿的科目，你越不想学；越好的科目，你反而更有动力。于是这么多年，我认了英语不好这条命。有过无数次重拾英语的决心，但每每都半途而废，买的很多学习资料都在墙角落满了灰。

有时候也会想，如果我英语好一些，人生是不是会有些不同，我是不是可以看到更多风景，我是不是可以得到更多的机会。可是没有如果，后悔也没有用，唯一的解决方法是立刻、现在、马上去学，不要让将来再错失更多机会。

因此，有些东西不要等到碰壁了才想起努力。人生要走的弯路一条也不会少，人生要学的东西同样一个都不能少。有些东西你现在不学，将来势必吃亏。

2

人要有忧患意识，过好当下很重要，但只图眼前的安逸和顺利是万万不可取的。

大学时，身边很多人的生活是三点一线，教室、食堂、宿舍。没课的日子，不是在刷剧玩游戏中度过，就是去外面吃喝玩乐潇洒自在。甚至有些人连课都不去上，逃课成瘾，在“反正大学学的东西，以后工作也用不上”的声音中更加心安理得。

四年的时光，转瞬即逝。当要找工作时，才发现简历上空空如也，没有一技之长，也没有丝毫的过人之处，甚至连一些基本的软件都用不熟。然后迷茫着、彷徨着，也有心仪的公司，面试却屡次碰壁。

这才幡然醒悟，原来毕业了真的会失业，原来生活如此艰难。心里一万个后悔，为什么大学不好好学专业课，为什么没好好打磨自己的兴趣，为什么没好好学英语……可是，这又有什么用呢？

世上要是有后悔药，你该吃一打了吧。人生没有重来，你种下什么样的因，就会结什么样的果。人生是个大课堂，很多东西你现在不去学，迟早都得学会。

3

很多人问我，读大学到底有没有意义？意义这个词，是人赋予的，我相信每个人对它的解读都不一样。

如果你好好利用这四年，不断学习，不断提升自己的能力，大学于你的意义就是更好的自己，更好的未来。如果你把这四年的时光都花费在无用的事情上，到头来依旧两手空空，大学于你或许就真的没有意义了。

所以，为什么说大学毕业是个分水岭，刷掉了一批跟不上节奏的人，留下来一批越来越强大的人。作为一个过来人，尤其最近找工作，对这点的体会越发深刻。大三暑假找实习时，有自己想做的工作，但是苦于在大学里并没有往相关方面积累技能，面试了很多公司都被刷下来。时隔一年，这次找工作就顺利得多，投的简历几乎都收到回复，邀约面试的电话络绎不绝，得到了很多机会。所以当你有一定成绩时，不管是你找机会还是机会找你，都容易得多，关键看你如何选择。

这个世界很功利，但是它承认你的努力。

坚持还是放弃，选择现在苦，还是将来苦，全在于你自己。不要等到失去了才懂得珍惜，不要等到碰壁了才想起努力。

Part 2

现在的省力，将来的费力

我们活在这世上，
就不要试图走捷径，不要试图省力气。
因为早晚有一天，你省的那些力，
都将连本带息地补回来。

现在的省力，将来的费力

以前认识一个女孩，大学毕业后，和大多数人一样，每天都在各招聘会转悠，看了不少冷眼，跑了数不清的路，流了大量的汗水，可是工作一直没有着落。

看她这么辛苦，男友豪情万丈地说：算了，你不用工作了，我养你。

这句话太让人感动了，女孩被找工作这事儿折磨得焦头烂额，巴不得停下来好好休息呢。于是，就真的不再四处跑了，每天坐在两人租来的房子里，玩游戏、追剧、吃零食，开开心心，没有一点压力，日子过得逍遥。

本来只是想歇一段时间再继续找工作，但人有惰性，男友又让她很有安全感，于是，休息的时间无限延长，一休竟然就两三年。

可是，再好的感情，也会有变质发酶的可能。男友爱上了公司里一位女同事，提出分手，她所有的依仗瞬间土崩瓦解。

出去找工作势在必行。但是一个人在家待久了，忽然到广阔的世界里去，心里会有各种恐惧，她需要不停地克服这种内心的恐惧和怯弱，才能让自己鼓起勇气重新去面对各公司的HR。

她的简历和应届毕业生一样空白，可她明明毕业三年了啊，这让HR看她的目光充满了怀疑。万般无奈之下，她只能不断地降低标准，最后，在一家民营公司做了一个部门文员。可就是这么简单的工作，对她来说也格外艰难，那些曾经学过的知识，因时间太久，都忘得差不多了，所以她总是不停地出错，不停地低声下气问别人。加班，这样才勉强能够应付。

曾经她以为，让男友养着，不用出去工作，是一件很省力的事。不错，这确实很省力，可是，这世上有谁能养你一辈子？就算你幸运地找到了这样的人，在一辈子这么长时间的相处中，你又怎么能保证自己能得到充分的尊重？你又怎么能保证自己可以随心所欲，不受任何人束缚？

不能。所以，你省的那些力，你省掉的那些辛苦和麻烦，会在以后的岁月里，变本加厉地让你偿还，顺带狠狠打击你的自信，让你狠狠痛一回。

我曾在一家小工厂上过班，那时候经常跑生产车间，和那些流水线工人们混得比较熟。

这些人中，有一个十八九岁的男孩，我印象特别深刻。他嘴巴很甜，很会说话，属于那种特招人喜欢的孩子。每次我都会在他旁边站一会儿，跟他说几句话。

时间长了，我发现这个孩子除了会说话，实在算个老奸巨猾的人。他总是想方设法偷懒，脏活累活说什么也不干，也不肯加班。

我觉得他这么年轻，不学点技术，提高自己的职场竞争力，以后漫长的一生，真的很堪忧。于是我给他提建议：你们车间不是有数控工人吗？你可以申请去当个学徒，学个几年，掌握了技术，以后就有了立足的资本。

男孩很不屑地说：我才不要去学，那么累。

我继续给他提建议：你年轻，人又机灵，在流水线上好好干，也可能会升组长，再升主管，慢慢做到中层，做管理也不错啊。

男孩笑嘻嘻地说：我妈说了，拼命干活的人是傻瓜，学会偷懒才算聪明。

我被他的话雷到了，但同时也知道，很多人就是抱着这样的想法，反正无论做多做少，每天都是那么多工资，那为什么不偷下懒呢？你做得多就会有奖励吗？不见得啊。

后来，车间实行末位淘汰制，男孩很不幸被淘汰。走的时候，他依然一脸笑嘻嘻，满不在乎地说，工厂那么多，此地不留爷，自有留爷处。

此后的事情我不清楚，但也能猜个八九不离十，无非就是每天顶着大太阳出去找工作，跑得筋疲力尽满身臭汗。如果幸运地找到了，又像以前一样偷懒，得过且过，恐怕过不了多久，又要开始下一轮的奔波。

而如果某天他赫然发现，这样不停地换工作，除了累，除了收入越来越少，根本看不到任何前途，他知道提高职场技能的重要性时，那些曾经不屑于下的功夫，就必须重新下一遍了。

但有一点可以肯定，无论怎样，他都没有占到任何便宜，那些省下的力，都在别处一一补了回来，并且还要还利息。

人生就是这么神奇，该付出的努力和辛苦，一分都不能少。你这一刻省了力，下一刻就要付出代价，加倍偿还。不管你愿不愿意，生活都会推着你往前走，不给你任何讨价还价的机会。

你如果不服，说你就要一直省力，就不把那些省的力补回来。当然可以，代价是，你永远别想得到你想要的。

我们活在这世上，毕竟都希望越活越好，只要你有这个愿望，就不要试图走捷径，不要试图省力气，否则，终有一天你会明白，这个做法有多么愚蠢，早晚有一天，你省的那些力，都将连本带息地补回来。

与其那样，不如一开始就脚踏实地、扎扎实实地走好每一步，哪怕很累，哪怕很吃力，也已经是最省力的方法了。

你可以这样，但不能那样

你可以去吃甜品，但不可以把唯一吃过的甜品的名字描述得那么细致。

你可以去咖啡厅，但是不要只会说去星巴克。

你可以去吃必胜客，但是拜托不要一手拿叉，一手相互给对座拍照。

你可以拍照，但是能不能不用手机？

你可以买一款适合你的手机，但是能不能不要把它贴得面目全非？因为那会使它看起来很恶俗。

20几岁的女孩必须爱美，但不可以把所有的心思都花在彩妆上，不要过分地描黑你的眼妆，那样会让你看起来像三流夜店的艳女郎。不要买一瓶迪奥的粉底液就到处有意无意地嘚瑟，要知道天生丽质才值得炫耀。

20几岁的女孩还可以抓住幼稚的尾巴，不要总是穿着前后裸露、金光闪闪的衣服，除了你自己没人觉得那是性感。

20几岁的女孩要学会小奢侈，你可以舍得买衣服，舍得护肤，舍得旅游，但不可以老是买一大堆廉价又低级的完全不符合自己年龄的衣服，美其名曰性感、成熟；也不要把一罐黄油、绿泥当成追求，更不要去一趟香港之类的地方就在好几个月前就开始嘚瑟，全民通告，天天换心情……直到回来后又嘚瑟好几个月，前后兴奋半年……

你或许可以把在那里买到的东西拍成照片晒出来和姐妹分享，但是不要把一支唇彩的购物袋、包装盒、赠品小样一一拆开，小样罗列成一排，唇膏依靠在包装盒侧边，购物袋做背景摆小样后边……不要这样拍了……

不要对着浓妆后的自己连拍好几张大头照，然后备注“世博会”……或者其他根本就文不对题的标注。

不要再把上海、香港、台湾误当成你够潮的标志。

还有我想说，女孩，如果你大一，不要急着去摆脱高中带来的那份稚嫩，因为它不会逗留多久，它很珍贵。

如果你大二，那么好好学习吧，即使学校的老师讲的都是狗屁，我只是觉得既然来到大学，就应该好好享受大学的生活。

如果你大三，那么抓紧恋爱吧，我说的是恋爱，而不是结婚，即使你跟那个穷小子摆明了没有结果。抓住山楂树的尾巴，赶紧谈恋爱吧。

如果你刚刚毕业，好好珍惜还陪在你身边的朋友、家人，还有你自己的身体。

最后，我想说，有一些女孩，不要把恋爱的次数，当成你的魅力指数。

你只是看起来厉害，而不是真的厉害

1

沙大神是我朋友圈里的著名“牛人”，众所周知，他“上知天文，下知地理，音乐、体育、心理无所不通”。

然而他的日子却凄惨无比，不仅各类聚会随不出份子钱，打个游戏的各类付费道具都需要我赠送。

我理解他，人的一生不需要富足，只需不断探索并快乐着。但我又很难理解他，知识转化为财富真的有那么难吗？

直到最近我发现了原因。

沙大神的英雄联盟是被我带进坑的，不到几月就成了其中高手。但奇怪的是，他的段位停留在中上水平就再也上不去了。

我问他：要不要努力一下，争取成为职业玩家！

他说：“那些什么王者级别的，都是些不会享受生活的蠢货，一天只知道撸啊撸，我不屑成为他们。”

我接着问他，那如何看待那些段位比他低的玩家，他们不就在享受生活吗？

他回答我："一群小白，不仅操作残，战术上更是垃圾。"

沙大神说这话的时候得意扬扬，仿佛他只需要用一点点努力就可以达到常人无法达到的水平。他不仅看不起那些和他付出了同样努力却得不到相同效果的人，他更看不起那些努力是他几倍，但成果只比他优秀一点点的人。

我突然想起了初中时的同桌女生，她总是每晚复习到深夜，但期末考却只比我高几分。我得意扬扬地向周围人炫耀，要是我和她一样努力，早就清华北大了吧！

我的这份炫耀毫无意义，最终上清华的是她不是我，在努力这件事上，成果大于速度。或者说，这个世界不关心谁跑得有多快，它只看重谁先跑到终点。

考70分的人是永远没有考90分的人厉害的，无关谁付出了多大努力。付出30%努力却得到50%的人只能收获内心虚幻的成就感，那些付出了200%只收获了80%的人却能得到这个世界的奖励。

沙大神之所以失败，就在于他既不能像职业玩家一样靠游戏为生，也不能像休闲玩家一样娱乐舒心。他的生活充满了掌声，实际上一事无成。

小时候，妈妈总告诉我们：如果你再努力一点就会很了不起哦！这个信念一直支持着我们走到今天，殊不知这份自信害了我们，成了我们偷懒的最好借口。因为"努力一点就行"是不断努力下去的最大敌人。

2

曾经的我也以自己是一名“斜杠青年”为荣，除了主业是一名心理学教师外，我热爱画画，游戏打得不错，时不时还能写点现实小说。如果要把我名字前面加上前缀的话，几页纸都写不完。

很长时间以来我很满足这种状态，我认为自己兴趣广泛，热爱生活。

但渐渐地我开始发现不对，机灵如我却在人生上全线溃败：游戏上我被高手虐得一塌糊涂，写作平台上我的小说阅读量寥寥无几，我投稿的画无数次被退稿，我申报的课题被学术大牛轻松挤下。

我跟导师汇报了我的情况，导师笑着说：“你只是看起来很厉害！你聪明地以为，你能通晓各大领域。实际上，你在每件事上都做了逃兵。”

看起来很厉害，只是我的自我感觉罢了。真正的厉害是有一个分水岭的，这个分水岭就是搜索引擎，如果你能提供的东西都能在网上搜到，那你一定并不厉害。举例，很多人在游戏上多赢了几次就觉得自己厉害，这真的是一种错觉。你必须玩到能和百度上发布视频的那些人一个技术，那才叫厉害。我可以不厉害，但我绝不炫耀。

其次，人的一生虽然有无数的分支，但却是有主线任务的。我所有擅长的东西是必须沿着我的一个专长展开的。我的主线任务从来没变过啊，一直都是在科普心理学的道路上战斗。于是我整合了我所有的技能，让他们为这个主线服务。

我用自己的画画技术，为自己创造了一个头像。我不再单纯地写历史小说，而是用通俗的文笔来科普心理学知识。每天工作完毕后，我会打开游戏玩几局，不在乎输赢，纯粹消遣。

以前我很自豪，在写作平台上我写了十万字，就已经接近别人40万字的点赞数。有一天我彻底抛弃了这种自我麻痹，我开始佩服那些写作字数多的人，我从每周一更改为三天一更，不知不觉中，我已经成为写作平台上排行前列的人。

我非常喜欢现在的自己，现在的我已经没有过去那么狂妄了，我似乎更能知道自己到底想要的是什么？我没有了过去爆棚的自豪感，反而无时无刻我都在感受自己的肤浅。

每晚睡觉前我不再得意自己有过什么成就，我开始回忆自己走过的路，回忆起这条荆棘的路上我的每个脚印有多深，有多痛苦。

3

“看起来很厉害”到“真正厉害”差着10086本书。

“真正很厉害”到“生活达人”差着十万八千次尝试。

花儿们总以为有了刺就可以显出自己的厉害，殊不知这才显示出它的弱小。

在这个信息爆炸的时代，我不担心你学不到东西，我只担心你学到一点东西就沾沾自喜，妄自尊大。这种智力上升的厉害感，其实是一种逃避现实的快感，有时候思想的冗余比思想的贫乏更可怕。

即便你满腹经纶，如果你自命清高从不写作、把知识分享给别人，也只能是默默无闻。即便你武功盖世，如果不锄强扶弱、匡扶正义，也难成一代大侠。

真正厉害的人，是不会用“厉害感”来装饰自己的。生活达人不管看起来是否厉害，他们都不会在真刀真枪的实战面前抱头鼠窜。

即使你有倾国倾城的容貌，经天纬地的才华，富可敌国的金钱……即使你拥有这个世界上人人羡慕的一切，也不能证明你的强大，因为心的强大，才是真正的强大。真正的强大永远是沉默的。

你恣意潇洒，是因为有人为你清扫道路

大学同学S一毕业就结婚了，婚后不久怀了孕。本来她想等孩子满一周岁就出来工作，可是她身体底子太差，生孩子时落下一身病。老公体贴她，让她安心在家照顾孩子，不用考虑挣钱，他一个人能养家。

从此，S便一心一意在家做全职太太，再不考虑上班的事。几年后，S又生了一个二胎，更不想出来工作了。

两个孩子都上了学，S有了大把休闲的时间。她经常在朋友圈晒照片，美食、旅游、帅气的老公和两个儿子，还有宽敞明亮的家，让我们这些苦哈哈的上班族羡慕得红了眼。我偶尔和她聊天，夸奖她老公能干，一个人能养四个人，还把日子过得那么滋润。S总是表现得不以为然："男人嘛，挣钱养家是应该的。"

当初体质虚弱的S，经过这么多年的调养，已是珠圆玉润，看着比同龄人年轻很多。她时常在朋友圈发一些文字，大多是"岁月静好，现世安稳"之类的内容。她微信上的名字干脆就叫"岁月静好"，我常常加班到深夜刷朋友圈时，一低头看到她的头像就忍不住心生悲凉——同学不同命，人与人之间的差距怎么会那么大？

春节刚过，公司要举办一个大的商务活动，我负责采购红酒。记得S的老公就是红酒经销商，于是给她打了一个电话，要了她老公手机号。

电话接通，S的老公听我说明来意，很是兴奋。他说去年和我们老总推销过他经销的红酒，但是没有签成，这次希望我能在老总面前多美言，促成这个大订单。

我们约好时间，让他送几个样品过来供我们挑选，当然，最后签单还是要老总定夺。

S的老公把红酒样品送来时，老总正好在市里开会，让我们把红酒拿过去，等散了会一起去饭店吃饭。

很快到了老总开会的地点，老总说马上出来，让我们在车里等他一会儿。

S的老公执意不肯在车上等，他说这样不礼貌，就站在车旁等着。北方2月里的天，和冬天差不了多少，温度还很低。我怕冷不愿下车，就在车上坐着。料峭的寒风里，S的老公西装笔挺地站在外面。他和我只隔着一层车窗玻璃，脸上冻得起了一层鸡皮疙瘩都看得清清楚楚。他带着谦卑的笑容，专注地看着会议厅门口方向。

等了20多分钟，我们老总终于出来了。S的老公赶紧抢步迎上去握手，我也下了车。我们老总握了一下他的手，有点吃惊：“你的手怎么那么凉，没在车里等我吗？”S的老公连连说：“没关系，没关系，车里太闷，正好透透气。”

我们一起去饭店吃饭，品酒。

酒桌上，为了表示诚意，S的老公一杯接着一杯地干，把我看得心惊肉跳。我劝他少喝点，酒喝多了对身体不好。他笑，没事，已经习惯了，经常这样喝。我这个老板说得好听叫“总”，其实就是销售员，不喝酒怎么卖酒？

中途的时候，S的老公说去一下洗手间，我看他脸色十分难看，就追了出去。洗手间门口，一股刺鼻的酒味迎面而来，S的老公弯着腰在洗手池那吐，表情痛苦不堪。他看到我，强颜笑了笑，继续吐。

我默默退到门口等他。想起S秀的那些幸福，不由苦笑。她一定不知道自己老公的工作会如此辛苦，那些光鲜背后，就是他穿着单薄的春装站在寒风中等客户，咬紧了牙关的支撑。

青春年少时，我并不曾懂得自己那些快意活法，都是来自父母的躬身托起。我迷席慕蓉的诗，做琼瑶的粉，为赋新词强说愁，唯独没想过父母的辛苦和劳累。

婚前，我甚至在家里没有洗过衣服，更没洗过碗，婚后也整天在父母那蹭吃蹭喝，吃完抹嘴就走。曾经有年轻的同事看到我的手，无不艳羡地说，姐姐30几岁人的手，竟如同婴儿般柔软白皙。

我洋洋得意，自诩丽质天生。

记得那一天，妈妈手上的戒指摘不下来，让我帮忙。摸着妈妈的手，感觉那么粗糙那么僵硬，心口不由一紧。低头看时，发现指尖全是裂口。大的裂口上，贴着医用胶布；小的裂口，一个个张着嘴，仿佛诉说着经年的辛劳。

我满心愧疚与感动。妈妈这双粗糙的手，为我承担了太多的累，我却一直以为那是天经地义。

众生皆苦，没有人会被命运额外眷顾。如果你活得格外轻松顺遂，一定是有人替你承担了你该承担的重量。

那个替你负重前行的人，就是这个世界上最爱你的人，他（她）总是怕你太累，而把最多的重量放在自己肩上。如果一个人对你好，绝对是命运的恩赐，而不是理所应当。哪怕是夫妻，哪怕是父母。

你要学会珍惜那个人。

碰到任何困难，都要赶快往前走

人家问我为什么有那么多同班同学，初中三年总共六学期，我留了五次级，150个老同学总是有的。几十年后，回到厦门，集美的老同学聚在一起，有时也开玩笑地帮我列举老同学的名字，现在在哪里，当什么大医师、院长、教授、将领……各类专家。

“书读成这副样子！留这么多级！你每回还有脸借这么多书，不觉得羞耻？”这是管图书出纳的婶娘骂我的话。

有时她干脆就说：“不准借！”

那些数、理、化、英课本让我烦！不借书给我也让我烦！“有没有脸借书”这句话我至今仍觉得好笑，借书还要脸吗？

我的第一篇文学“著作”是70年前四五岁时写在故乡老家新房子的窗板上的，全文是：“我们在家里，大家都有事做。”旁边还画了几个京剧脸谱。

“稿费”很丰厚，挨了一顿痛打。

世上多的是这号人：放下前头的好景致不看，干脆转过身来，一肚子气，总认为过去的都好，如此耽误时光，空耗了力气，靠回忆过日子，苦瓜当饭，黄连煮汤，以为是天下第一味道。

几十年过去了，年轻时代那些漂亮的女孩子都已成为漂亮的外婆和祖母。我希望大家都不要难过，人生就是按照诗的安排过下来的。

我的经验是，碰到任何困难都要赶快往前走，不要欣赏让你摔倒的那个坑。

我的青春，其实是一场惨烈的战争

2004年初，我结束第一份工作回到杭州。

杭州并不是我的故乡，只是我和男朋友读了四年大学的地方。但是因为这四年太美好太快乐，我们在初入社会的寒冷中贪婪地从记忆里摄取能量，于是兜兜转转，还是回到了这里。

在母校的后门，一个叫作青芝坞的农房集中地，我们租了一间小小的平房。我坚持摆了两张床，当然其实我们睡在一张床上，但多出来的那一张总让我略觉心安——万一有片警查结婚证呢？十年前的姑娘小伙们就是这么傻。

你别说，片警还真来过一次，当然不是查结婚证，而是因为这附近出了一宗强奸案。自那以后，我睡觉的时候都把一个板凳拖到那扇摇摇欲坠的木门后，板凳上放一串风铃，枕头边放一把菜刀。

但最可怕的还不是传说中的强奸犯，而是睡到半夜时的尿尿问题。屋里没有厕所，公厕在步行十分钟开外。寒冬腊月的月黑风高，哆哆嗦嗦地朝着公厕一路小跑，男朋友举着手电打着哈欠跟在旁边，这时候真羡慕他能随便找个乱石堆就是一泡。

比起毕业的那年，我们都虚长了几岁，但还在原点。男朋友在读研，而我再一次面临找工作这件大事。

十年前的我很幼稚，总是太晚看到生活的本质。大学毕业的时候，我满脑子都是对偶像剧里白领丽人的盲目向往，结果被第一份工作狠狠地扇了一记耳光。

可到了第二份工作时，我还是没长进。在看起来很美的世贸中心工作了几个月之后，我再一次不得不从让我找不着三观的私营咨询公司辞职，却被拖欠了一个多月的薪水，迟迟得不到落实。

之前，在与他人的争斗中，我总是先放弃的那一个，因为很害怕丑陋。在纠缠和放手之间，我永远选择后者。但这一次，我较真了。与生活较真，与自己较真，与那些我搞不明白为什么要伤害我的人较真。

我每天准时出现在世贸中心十楼的办公室里，搬一张椅子坐在老板的身边，沉默着什么也不说。有客户来找他，他斥责我出去，我还是不说话，不走。

这样坚持了一个星期。拿到讨来的薪水的那一天，我大步走出世贸中心，脊背挺得直直的。然后，站在门口明晃晃的阳光中，放声大哭。

《飘》里有句话说，当一个女人无所畏惧之时，她就不是个真正的女人了。而我知道，从那一天起，我也不是个真正的女人了，我有了泼妇的那一面。对这个世界，从此以后，我泼得出去了。

这不知该算悲剧还是喜剧。

要债要来的钱并不是什么大数字，因为薪水本来就不高。那段时间我和男朋友还是穷得很爽的。我们曾经捏着两块钱，从解放路的百货大楼逛到延安路的银泰，然后坐公交车回家，还好当时没有空调车。我们还曾经在一个早上，分享最后一包甜趣饼干，都为了对方不肯多吃一块假装大发雷霆。

银行卡里剩下最后五百块的时候，同学里的第一个红包炸弹降临了。是男朋友的铁哥们，不送或者少送都绝对不行。我从卡里取出最后的钱递给他，然后抠着ATM机哭了。

奇怪的是，这些细节都是多年后现在的老公，即当时的男朋友告诉我的。我自己居然都忘了。当我回忆自己的青春岁月，我记得的竟然全是幸运和快乐。也许是因为我的心灵太粗糙，也许是因为，就像我对老公说的那样：

有青春打底，什么样的苦都不算苦。

2004年的夏天，我又开始找工作。这一次相对顺利，在一次朋友聚会上，一位师兄说他带的团队正在招人，我如果愿意，就可以去，连面试也不需要。

我接受了。一个IT销售员的职位。如果是年初的时候，我不会有勇气接受这样的职位，但经过了讨薪大战之后，我知道自己有一个平常看不见的硬核。

我不相信自己，但我相信那个硬核。

进了公司才知道，一切没那么简单。当然了，对一个24岁的女孩来说，这个世界上的一切都可以用这句话来总结：原来没那么简单。

师兄带的团队如果叫作正规军，那么就还有另一支团队叫作野战军。野战军全不按章法做事，到处抢单，连正规军的也不放过。正规军里都是像我和师兄这样的人，玩野战，我们玩不过对方。

师兄对我说，我们要找蓝海。有些人适合开拓，有些人适合缠斗，把适合开拓的那些人放到缠斗中，他们总是会吃亏，所以，聪明的选择是放开红海，去找蓝海。

从2004年夏天到2005年的夏天，有一个25岁的女孩，拎着行李箱，箱子里有一份师兄给她的通讯录，跑遍了浙江所有的城市。

每到一座城市，有时常常是深夜，坐上出租车之后我会打一个电话给男朋友，告诉他："我现在上了车牌号××××的出租车，正在向××××开去。"

这个电话不是给男票听的，是给出租车司机听的。这是一个女孩想出来的保护自己的办法。一直到今天，在人生地不熟的地方，我都会打这样的一个电话，有时甚至只是装装样子，根本没拨通。

在陌生的城市里，我还发明了快速找到经济、干净、安全的旅馆的办法，那就是当地最著名大学的招待所。白天，我换上套裙拜访客户，黄昏时回到大学食堂里吃顿晚饭，内心宁静。

我按照通讯录逐个打电话约人，有时要打出十几个电话才能约上一个。但我的优势是：我看起来极其无害。在浙江，人们往往见过了太多的精明人，反倒愿意和一个无害的女孩打打交道。

2005年的夏天，我和师兄的那一片蓝海，已经略显浩瀚。野战军们再也抢不了我们的单，我偶尔回公司处理报销单据的时候，连对方的头头都会过来道一声辛苦。

但我自己的心里知道，我累了，跑不动了。还有无可避免的是，在这种狗一般的生涯中，我和男朋友的爱情渐渐濒临死亡。什么也无法填平那条由时间和距离造成的鸿沟，多少满欲倾诉的时刻一旦被错过，再见面的时候也只能相对无言。

在公司的时候，我常常喜欢躲开人群待在复印间里。有一天，我发现传真机不停地吐出同一封信，收信人是我，落款人是男朋友，信的内容只有一句话：

“If there is a chance to love you，I will never hesitate。”

只要还能再爱你，我绝不会犹豫。这是大学里他常常对我说的一句话。

那天我在复印间里，一边一封封地用碎纸机粉碎这些信，一边哭。哭完了，我决定再一次辞职。在一次又一次的投标中，我与我们代理的某500强品牌的销售经理逐渐熟悉，后来他知道了我的第一份工作经历也是在500强公司，又有了这么多的代理销售经验，他说我应该去他们的公司工作。

就这样，2006年，我和研究生毕业的男朋友一起来到上海。火车驶入如今已被停用的梅陇火车站，这是我们彻彻底底的再出发：事业、爱情、生活。一切都是未知，一切都是忐忑。

时隔多年之后，我还在上海，由二字头变成三字头，由女孩变成母亲，由房客变成房东。我80末的妹妹对我的一切人生教诲都很鄙视，因为她认为我是幸运的一代，是得了便宜还卖乖。

但我一直想告诉她的是：传说中幸运的青春，从来都是别人的。事实上，不会有哪一场青春是特别幸运的，也不会有哪一场青春会特别悲惨。所谓的幸运或悲惨，取决于你看事物的角度。

青春，就是一场自己与自己的战争，爱过自己，恨过自己，放过自己，然后可以坦然上路。

以你的条件，还有什么理由不努力

你是否很拼但依然没有成功，而抱怨身边的潜规则太多？是否遭遇过一次次的失恋，而抱怨这个世界太过功利？是否身处雾霾之中，而抱怨污染严重，这个世界糟糕透了……

是的，这个世界可抱怨的事情太多了。如果这些抱怨，仅仅是作为在不顺心的时候，排解内心压力和郁闷的一种方式，那么也是可以理解并且可以被原谅的；如果将抱怨当作不努力的借口，而整天浑浑噩噩，那就是不可原谅的，因为生命有限，抱怨不仅于事无补而且浪费时间、消解生命。

其实，理解这些道理不难，难的是，如何从现实的充满抱怨的负面情绪中脱身而出，全身心地投入到积极、踏实的拼搏之中，努力打拼，奋力去爱，就像没有受过伤害一样。

不过，还请不要灰心，这个世界总有一些人和事，能够让普通人照见自己身上的“小”来，重新迸发出新的激情，从而改变你的人生。

孙文广和艾娜，他们都是脑瘫儿，一个在湖北，一个远在山东，虽然相隔千里，但他们竟然在不见面的情况下，谈了一场柏拉图之爱，这一爱就是七年！在这场爱情中，原本两个生活不能自理的人，在爱情的激励下开起了网店，赚钱养活自己，因为他们要给这卑微的爱以尊严和力量。

河北大男孩孟祥磊和黑龙江女孩施琦同样是两个不幸的人。施琦因为一次医疗事故导致运动神经元受损，差点成为植物人，后来虽然有所恢复，但说话和走路都很吃力。孟祥磊17岁时因车祸导致高位截瘫，之后双腿萎缩变形，甚至腐烂，不得不截肢。

就这样，两个不幸的人相爱了，并艰难地走到了一起。为了生计，两人做过许多小生意，虽然很辛苦，但苦中也有乐，是相爱、相守的快乐。生活是残酷的，即便这样的苦中作乐也是太短暂，结婚两年后，2013年4月，孟祥磊被确诊为尿毒症，然后他们花光了全部积蓄。

两个身残的人，连平静相爱，过穷日子的机会也没有，但他们依然没有抱怨，更没有放弃。孟祥磊爱唱歌，他决定靠唱歌挣钱救自己。他买了一辆二手QQ车，载上了上千袋透析液，和妻子出发了。一路上，他用唱歌挣来的钱购买透析液，透析好了之后继续唱歌，就这样开始了他的“全国露天巡回演唱会”，一站又一站，歌声不停，生命不息。

如果把人生比作一口大锅，这两对不幸夫妻的人生际遇，可谓是跌到了锅底，这个时候，只要努力，无论朝哪个方向都是向上的。而我们绝大多数人，远比这两对夫妻的际遇好得多，跟他们相比，那些抱怨、那些不满是多么肤浅和浪费，我们哪怕拿出一半的时间来，生活一定会回报我们以歌。

看到这里，希望给你带来的不仅仅是片刻的感动，而是行动起来，不枉此生。

那些莫名其妙的苦，并不是努力

点点这个礼拜第二次和我抱怨新工作加班频繁的时候，已经是晚上11点多了，她刚从公司出来，哭着喊着叫我陪她吃夜宵。

一盘小龙虾就着一瓶冰啤酒，她激动得面色通红、口沫横飞，手舞足蹈地给我表演新上司开会有多智障。

初春的晚上依旧很冷，我紧了紧身上的棉衣，看她依然没有停下来的意思，只好无奈地开口打断了她生动形象的表演，“你最近怎么老加班？新工作很忙吗？”

仅仅一小时之后我就体会到了什么叫“作死”——我简直身体力行地深刻解释了什么叫哪壶不开提哪壶：这个问题突然打开了她的苦水闸。

她说她这个礼拜天天都在加班，今天已经是她最早下班的一天了。新上司要求很高，甲方更难缠，方案修改了三遍都不满意，今晚回去得继续熬夜。已经连续两三周周末没好好休息过了，一个月就拿那么一点薪水真不知道这工作有什么意思。为了这份方案，她光收集、整理的资料都能码满一张桌子。

说着说着她还抹了一把眼泪，酸溜溜地说这组明明是自己最努力，每周之星却评给别人，大公司黑幕太多了。

我不是第一次听她抱怨工作太忙太累，她的努力与收获不成正比，但每次看到她朋友圈里凌晨更新的满是资料的桌面和当白开水喝的咖啡，又不知道怎么安慰她，努力的还不够吗……看起来已经非常足够了啊！

我最终也只好安慰她时运暂时不济而已，总能好起来的。

我也很疑惑，为什么每一份工作对点点来说都好像特别困难，她不是一个专业能力不过关的人，怎么会把自己弄得这么累。

后来有一单任务正好是与她们公司的业务合作，对方派出的代表又碰巧是点点他们团队的一位前辈，我旁敲侧击地聊过天后才明白，原来也是万事皆有因——前辈嘴里的点点与我认识的点点大相径庭。

听说点点进公司没多久，她的勤勉就出了名，多少次同事早早下班，偌大公司只剩她一个人，刚开始几乎所有同事都暗暗咂舌感叹现在的“90后”小姑娘们的拼劲。

但可惜也只是最初而已。

很快前辈们就发现，虽然看起来她一直在忙，但效率很低。

她总是策划做一半就跑去微博找灵感，或者就是去微信咨询某位大神朋友，通常都是有去无回。再就是去串门打听琐碎，聊些闲话，取个快递，喝喝咖啡。时间打发起来是非常快的，别人在忙工作的时候，她忙于“社交”，那么别人休息和社交的时候，她补在工作上好像也是合适的事。

前辈说完，思考了一下又补了一句：“可能是因为年轻，还不懂努力是有方法的吧。”

听前辈说完，我突然想起点点上一份工作好像就是因为上班时间刷朋友圈丢掉的，当然，按点点的话说，她明明是在和客户联系，却被上司冤枉，只是因为自己的努力惹人眼红罢了。

听到别人对点点的评价与点点对自己的评价，我发现了一个认知误区（好像很多人都如此）：

我们总是会想当然的把努力和吃苦画上等号。

好像大多数人提起努力都会想起埋头苦干、挥汗如雨这种画面感十分强烈的词汇。听说有人累死累活熬夜读书却挂科，有人不吃不喝拼命加班却无缘优秀，我们通常都会感叹这些人吃了这么多苦，最后还没能成功，亏了。

可是你是否有想过，他们吃的那些苦，难道都是因为不可抗力不得不吃吗？

我起初也喜欢这样，总是标榜自己有多努力，却没收到过价值相当的回报。直到我发现很多我认为是有天赋的朋友们，都比我努力多了的时候，我才明白努力不等于吃苦的道理。

我发现我之所以熬夜赶稿，是因为白天我虽然开着文档却也开着微博、微信；之所以通宵码字，是因为我之前几个礼拜一直瞎忙活却没有算好截稿日期；甚至有时候连我拿来标榜自己工作认真的“废寝忘食”也不过是因为工作时间安排不合理导致的吃饭不及时。

把努力等同于吃苦，不免会让自己的注意力更多地放在自己“吃了多少苦”上，而不是“是否有科学的努力”上。

过于看重吃苦的结果而忽视努力的过程，会让我们沉浸在自己营造的自我感动的幻想中不能自拔，变成一个只知吃苦、不论方法的“拼命三郎”。

不确定自己努力的方向，不改变努力的方法，你吃的苦不过是莫名其妙的徒劳无功罢了。

而其实你只要学会并掌握努力的方法，就会发现有时候努力做事并不会让自己吃多少苦，而当觉着自己吃尽苦头依然不见效果的时候，更大一部分可能是你正在用错误的方法进行错误的努力。

千万不要轻易把失败和坎坷、挫折当作天将降大任于斯人的考验，因为说不定你正在做的努力，不过是在吃莫名其妙的苦而已。

这么努力，最终还是成为一个普通人

所有逆境都能归结为对命运的唏嘘：我明明那么努力，却还没有出人头地。

近来，文艺青年更是抓到了这种情绪的出典。穆旦在《冥想》里写：这才知道我的全部努力，不过完成了普通的生活。

我们确实身处众声喧哗的年代。微博、微信疯转的，是富二代和外围的纸醉金迷。现实中，人和人的距离如此之近，下意识地较劲也避之不及。长此以往，多少意难平，成了怨怼、嫉恨、牢骚，却很少有人提醒自己：我们过的，本就是普通的生活。

豆瓣上曾经有一篇红极一时的帖子，叫《我们这么努力，也不过是为了成为一个普通人》。里边写道："我们经过那么多的努力，也不过就是为了成为别人眼中的普通人，也许还会是自己过去最讨厌的那种普通人。于是我们虽然拿着一样的工资，做着一样的事，有些人可以欣然自得地取悦老板，而我们的幸福感却总是来自某一句突然浮现在脑海的歌词，某一句突然触到泪点的对白和深夜电话那头的那个人。想想周围的很多人，努力挣扎了那么多年，拼命耀眼了那么多年，最后也会穿着西装、套裙，衣冠楚楚地去挤地铁挤公交，在CBD的高楼里拥有小小的一张桌子，在远离CBD的老式居民区里拥有小小的一张床。”

鲜明的对比和相似的情境，催动了文艺青年的泪腺。他们抱怨诗心湮没、远方蒙尘，营营役役乃至蝇营狗苟的现实，让他们被迫低下高傲的头颅，脱掉理想的冠冕，钻进房子的圈套，放弃对世界的渴望。绵长的愁绪可以绕地球一圈，只是不愿承认，所有困难的起点是自己一懒二拖三不读书，偏偏还想得太多。

将自己看得与众不同，可能是每个人的潜意识。但生活的面目，其实并无多大差别。现实的确不那么讨喜，甚至有些残酷，却都是无从回避的客观存在。

劳伦斯·布洛克写《八百万种死法》，同一座城市，每天有形形色色的人以各种方式死去，读者只有无力旁观的份。顶马唱《上海25小时》，虽是戏谑的口吻，讲的也是最真切的平凡和琐碎。真正的文艺，从来不是在丑恶面前别过头去，而是嬉笑或从容地直面人生。

有理想固然好，可别拿美好做借口，轻易放过自己。同处一个粗鄙的时代，唯有各自努力前程。

说到底，谁不要面临家人的病痛和老去、职场的起伏和挫折、人生的莫测和风雨，谁不是心里时刻装着几件烦心事，还要强作欢颜淡然处之。

一切苦厄，皆含深意。唯一的差别是，有人迈过去了，有人却留在原地。最后的最后，我们也都只是红尘中的普通人而已。

只要能控制生活，就能找到时间

“人只要能控制自己的生活，就总能找到时间。”这句话像一记响亮的耳光，羞辱着所有被时间追债的人。

“我太忙了……”“我没有时间……”每一个说出这些话的人，都是在宣布，自己丧失了对时间的控制权。

难道还有比这更可怕的事吗？正如我们的肉体是由水、蛋白质等物质组成的，我们的生命则是由单向度的时间组成的。当一个人不能控制自己的胳膊和腿时，你会向他投去同情的目光，却不会怜悯自己那因为失控而瘫痪坏死的时间。你有没有想过，你可能是时间的奴隶，它用一根一米长的铁链拴住你，而你想做的100件事情，就全部躲在十米以外的地方。你好像永远也够不着，你以为你再过五年、十年就能够着了，但真相很可能是一直到老死，你都够不着。因为你不是时间的主人。

在这个星球上，仿佛人人都有一份梦想清单。所谓梦想，就像那些十米之外的东西，人们觊觎着它，却又不砸开那一米长的铁链条。有人说：“我从下个礼拜起就要开始健身了。”有人说：“等我赚够了钱，我就要多陪陪家人。”海子说：“从明天起，做一个幸福的人。”

可是，永远不要听人们口头上的清单；不要以为他们一直念叨的，就是对他们最重要的。因为，构成一个人的实质绝对是他的时间，而不是他的语言。一个人选择如何填充他的时间，就是选择了如何充实他的生命。

比如，有人问心理医生李子勋：“我女儿今年两岁，她爸爸经常出差，回来的时候想抱女儿，女儿会说：‘不要爸爸。’请问发生这种事情，我如何教育我的女儿？”李子勋回答：“为什么要教育孩子？这是父亲应该承受的。”

这位父亲把99%的时间给了工作，只留1%的时间给女儿，就必须承担这种时间分配的结果。与此同时，他也是在为自己选择一个身份：他更愿意成为一个事业有成的人，而不是一个父亲。

许多人都对家人和子女说过这样的话：“我辛辛苦苦赚钱，还不是为了你们吗？”这句话就是一个十足的谎言。因为你一定会看到这样的人宁可把时间花在打牌、喝酒、聚会、玩游戏这些事上，也不会去陪伴家人。

时间的重要属性就是不可逆和排他性。当你选择了做A，就势必不能选择做B。如果一件事情或一个身份对一个人特别重要，那么他一定会在时间的有限疆域里划出一个不可侵犯的地盘，死死捍卫，不容松动，而在这个地盘之外，再规划别的。

因此，所有对时间的失控，都是一种表面的别扭和错位，深层次的原因是，这个人内心认同他花掉的时间：他本人就是他的时间。

世间的角色并没有高低好坏之分，你的时间就是你的角色。乔布斯和宫崎骏几乎把所有的时间都放在了工作上，他们就是认同个人成就高于家庭价值的人。你把所有空闲时间都花在了吃喝玩乐而不是学习上，那么你就是一个及时行乐或得过且过的人，就别指望自己突然发愤图强，也别制订那些自己根本不会去实施的计划。

我的几个在国企工作的朋友，天天嚷着辞职创业却没有任何动静，是因为他们就是最适合在国企工作的人。我从来抽不出时间运动，是因为我根本就是个好静又短视的不在乎健康的人。我们花掉的每一分钟，都是由我们的本质和信仰做基础的。

爱丽丝·门罗带大了四个孩子，也写了很牛的小说；和她类似，村上春树和斯蒂芬·金在出名之前，都是用下班后、睡觉前的那几个小时来写作。他们不用说，时间可为他们证明，他们是谁，什么对他们重要。

你摘不到天上的月亮

看电视，看到一个女孩子。

20多岁，在台上和男朋友相对而立，方盘大脸，牙齿也不整齐，妆化得很浓，穿一件绿色的连衣裙，质料很普通。有聚光灯打着，方有一二分的明艳，走下台去，立马就没入人群看不见。

你我皆凡人，生在人世间。她这样的形象和气质都很正常。

但是，她一开口，就让人感觉出了不一样。男朋友想求助大家帮他把女朋友“扳”回来。女朋友一脸不屑，扬着脸儿：“哼，我就是要跟他分手，谁让他不支持我的理想！”

什么理想呢？

“我会唱歌啊，朋友说我唱歌可好听了，朋友还专门为我写了歌。”然后，她开口唱《隐形的翅膀》，几乎每一个音都不在调上；之后，她又唱了一首朋友专门为她写的歌，结果调门仍旧是《隐形的翅膀》。

“我还会走模特步，他们都说我的腿好，能做腿模。”结果，她在台上走，是腰哈着，两只脚倒是交替着能行走在一条线上，可是肩膀左一横，右一横，像黑社会。主持人说自己腰疼的时候，别人让自己做的也是这个动作。

“我还想演戏。张艺谋的《三枪》为什么没有火？就是因为闫妮的那个角色没有请我来演。”

大家哄堂大笑。

她说话的时候，没有看台下的人，也不看她的男朋友，要么眼神向左扬，要么眼神向右扬；脸儿抬得高高的，那个方方的下巴就更明显了。

她说：“我缺少的只是个机会罢了，我需要一个伯乐。”

这句话，她重复了三次。

而在没有伯乐的情况下，她又喜欢坚持：“我相信，有梦想，就一定会成功！”

男朋友黯然离去，她不舍地目送着他的背影，转瞬却仍旧高扬了头，说：“哼，走吧。我相信，有梦想就一定会实现的！”

她这不是理想和梦想。理想是什么？我觉得当老师好，我以后想当一位好老师；我觉得当作家好，我以后想当一位好作家；我觉得开飞机好，我以后要当飞行员……而在现实和目标之间，是漫长的为实现目标而做的努力和准备。目标是明确的，努力是有的放矢。她并不知道自己到底想从事什么行业，于是就像无头苍蝇似的，东一下，西一下，写写诗，练练模特步，唱唱歌，然后在台上出出丑。

真的有梦想，就一定会实现吗？我梦想撬动地球，哪怕你真的给了我一根能撬动地球的杠杆，这个地球就真能被我撬起来吗？我梦想当化学家，哪怕请世界上顶级的化学家来教我，我若天赋不够，这个化学家真能当得成吗？我梦想家财亿万，可是我只是一个普通的中学教师和普通的写作者，怎么能靠这两个职业弄出亿万资产呢？

有的梦想，真的就只能是在梦里想想罢了。醒过来，该干什么，还干什么，踏踏实实，一步一个脚印地。

人贵有自知之明，能掂得清自己几斤几两重，走自己努把力就能走下去的路，做自己努把力就能完成的事，摘那颗跳一跳就能摘得到的果子，而不是像猴子一样，拼命跳着高，想要摘天上的月亮——那不是执着，是疯魔。

Part 3

越想得到，就越不能小心翼翼

当你遇到一个喜欢的人，
还是应该去勇敢争取。
虽然你害怕自己被她忽视和拒绝，
但是你的犹豫只会有一种结果，
那就是失去这次机会。

越想得到，就越不能小心翼翼

1

那天在课室里训练学员，我进去的时候刚好是一个微胖的男学员站上台。他说，想跟大家分享一件自己觉得后悔的事情。说是那天他在车站等车的时候，看到一个姑娘。姑娘也不是长得很漂亮，但是圆圆的脸蛋，很有特色的眉眼，一下子就让他迷上了。

都说情人眼里出西施，那一刻他觉得，她就是他找了很久的人。那时候他很想认识她。于是就往前走了几步，想开口说话，却又没敢开口。结果就这样径直地走过她的面前。然后又不甘心，又绕了一圈柱子，又回到姑娘的背后站着。

犹豫着正准备走上前搭讪，结果车来了，姑娘上车走了。他说，这是他觉得最后悔的一件事。如果当时自己不那么犹豫，大胆上前搭讪，说不定就没有这么遗憾了。因为啊，不敢上前是因为害怕被拒绝。

其实，当你遇到一个喜欢的人，还是应该勇敢争取的。或许她在你眼里很美好，所以你害怕自己被她忽视和拒绝。可是你的犹豫只会有一种结果，那就是失去这次机会。而一旦你直接上前坦诚，就会有两种结果，要么被拒绝，要么因此得到一个机会。

所以你不去试试，就注定只能有一种结果。小心翼翼会让我们无风无浪，却可能因此错过更美的风景和人。

2

某天下午我和Jimmy在练习吉他。练习到一半的时候，我突然想不起接下来的步骤，然后我就停了下来。脑子里开始琢磨接下来该怎么弹才对。Jimmy看我琢磨了老半天都没动静。

于是他就急了，朝我喊着，你赶紧弹啊，有什么好思考好想的，就那几个品，你试试弹一下听一下，不就知道对不对了吗？为什么还要花那么多时间去思考？他说，读书人都有这个毛病。

明明是走几步就可以解决的事情，可偏偏坐在那里思考半天，最后什么结论都得不出来。你要痛痛快快地弹，犯几次错，你不就知道怎样才是对的了。他的意思是，让我不要去琢磨，直接弹了再判断。

他的话让我突然一下子醒过来了。其实很多时候，我们都太小心翼翼，生怕走错一步，于是就停下来想啊想，结果最后什么都想不出。

小时候我们想说什么都脱口而出，童言无忌。也可以从高高的看台上跳下来，哪里惧怕过摔倒。长大以后我们做什么事情都变得小心翼翼，生怕犯错。明明只要去试试就可以知道对错的事情，我们却犹豫不决。

3

以前有人在后台留言问过我，说觉得人生很迷茫，不知道怎么办才好。因为想要的东西很多，可是却不知道怎么才能通过努力去获得。有人说，现在陷入了困境，完全不知道该怎么选择了。

也有人说，怎么办现在好烦，觉得人生好难，很怕自己选错了方向，就会留下遗憾，好犹豫，你能不能给我一些建议？其实啊，为什么那么多人会迷茫？是因为我们总是想得太多，做得太少。

当你觉得迷茫，不知道该怎么做选择的时候，其实你只要赶紧行动起来，制定一个短期的目标，然后马上去做、马上去尝试，这样你就会知道接下来该怎么做了。很多人都是陷在思考的困境里，一方面不知道该怎么办，一方面还停下来胡思乱想，结果想了老半天也不知道到底该怎么办才好。

而忽略了最直接的方法，就是去试错。每个人都会有迷茫，很多人以为思考就能找到答案，却不知应该先去行动、先去尝试，然后总结思考，最后得到正确答案。

所以当你觉得迷茫的时候，很可能是因为你只顾着思考，却没有站起来往前走两步。与其被迷茫困住，不如站起来往前走一步。人生啊，很多时候不能总是那么小心翼翼，你要勇敢往前走一步，两步。

很多事情是现在的你看不到的，而是要多走两步你才能看到。我也曾经很迷茫，觉得好像很多事情都办不到。于是很多事情一拖再拖，一推再推。最近突然想通了这个道理，我想，这就是我能给你们的最好建议。

希望我们都不再是小心翼翼的胆怯者，而是一个勇于犯错的大英雄。别怕，最多就是摔跤，重新站起来世界还是很美的。

把自己推到极限，或许能改变世界

国家乒乓球队前教练李富荣曾说：“所有的世界冠军只有一个共同点——他们都想当世界冠军。”

我采访谭妮的时候想起这句话。

在她幼年时，英国的街道上几乎看不到残疾人，残疾人通道少得可怜。她去看电影时会被挡在门外；她奶奶不愿意在别人面前承认她的疾病；别的小女孩在她背后喊“瘸子”；她坐火车时，自己把轮椅扔下火车，再爬出来。网络上有人议论说：“像你这样的人，只配坐到牲口车的后座，才不会妨碍正常人。”

她的方式是：“我从来不会听别人告诉我能做什么、不能做什么。”

她个性极强，说不想当篮球队员，“因为受不了别人的愚蠢”，但当她想成为轮椅马拉松运动员时，连教残疾人的教练都找不到。有个教练对她说：“我永远不会训练你这样的人。”

她问：“‘这样的人’是什么意思？女人？威尔士女人？染头发的，还是戴隐形眼镜的？哦，你是在说残疾人？”

教练尴尬地说：“你说得对，应该是坐在轮椅上的人。”

她每年训练50个星期，包括结婚当天早上；她因在公路上训练出过两次车祸，好友死亡。我问：“你承受这一切是为了金牌，为了世界第一吗？”

她答得很简单：“对我来说，比赛就意味着要拿金牌，这就是我想要做的，成为世界上最好的运动员，我想要赢。”

在五届奥运会比赛中，她获得了11枚金牌、4枚银牌、1枚铜牌，创下30多项世界纪录。她被《卫报》称为“英国最伟大的残奥运动员”。

2010年，她被推举为上议院议员和终身贵族。上任后，她质疑英国勋章制度缺少对等性，残奥会运动员与奥运会运动员，在授勋待遇上有着明显的差别。2012年伦敦奥运会时，她公开为此抗争。

我说：“你要去跟什么东西抗争的时候，会有两种结果，一种是你赢了，但也有一种是你输了。”

她说：“是的，但运动员这个职业，能磨炼你对事情的态度。因为你不会每次都赢，有时候即使发挥得很好，你也不会赢。也许你不会赢得某一场战斗，但你仍能赢得整场战争，这是个英国谚语。你必须继续奋斗，永不言弃，不断保持前进，前进，前进。”

她从不退让，也不畏缩，从不自居弱者。

有位英国记者，访问她时提了一个问题，说：“你坐在轮椅上，一定觉得自己是一个悲剧吧？”

她的回答是一个反问：“你作为一个记者，一定觉得自己是一个悲剧吧？”

在伦敦奥运会上，每个场馆都有宽度超过两米的座席，环绕赛场一周，视野和角度都是最佳，这些座席只属于残疾人。在伦敦交通高峰时极难停车，司机一边转悠一边对我们说：“看，每个地方，最外侧、最方便、最大的一个停车位，一定属于残疾人。其他人违章停车，会被立即拖走。”我们住的小酒店，在一个古老而窄小的巷道里，但是有台阶的地方，都有改造的无障碍通道。

对于一个有两千年历史的古老城市来说，要进行这样的全面改造并不容易，这取决于一个国家对于残疾人的态度。英国的媒体评论说：“这40年当中，谭妮·格蕾·汤普森为残疾人所做的一切，甚至超过了唐宁街的任何一个政治家。”

谭妮说，她从来没有想到过改变世界，她只是很自我地想要把自己推往极限，做到最好。但结果是，世界为之改变。

抱怨
不如改变

最近，我到一位厨师朋友的餐厅吃饭。当晚，餐厅的客人不多，厨师朋友做完菜后，便出来和我聊天。

“唉，真不知道生意该怎么做了。最近，我们这条街上开了好多家餐厅，竞争者愈来愈多，生意搞得愈来愈难做。”他说。

他抱怨了很多事情。比如，台北的上班族愈来愈穷，很多人是月光族，根本没有钱到外面吃几次饭。还有，最近几个月天气不稳定，雨常常下得很大，人们不愿外出吃饭。他还认为，老板不为餐厅申请信用卡付账，客人得用现金，这应该也是一个客人不愿上门的理由。

我听着他的抱怨，忽然想起半年前我来这里的时候，这家餐厅刚开业没几个月，朋友觉得客人没想象中多时也曾抱怨：“唉，真不知道生意该怎么做，这条街上一家别的餐厅也没有，只有我们一家，客人不会专程过来，生意很难做。”

老天爷一定觉得，人类真难以讨好。只他一家很难“集市”，多来几家集了市，又怨叹来抢生意的人多。

我说，或许我可以帮他解决问题，如果他有财务报表的话。他拿来了，我看了一会儿，不久就发现一个问题："这里是上班区，你的生意在中午时挺好，但晚上不太好，不如在晚上削减开支。你看，你的店里晚上有五个工作人员，但是平均每晚来不到十个客人。如果晚班少请一些人，人力费用就少很多。"根据经验，一家餐厅，食材加上人力若超过总营业额的50%，就完全没办法盈利。他的餐厅竟超过60%，不赔才怪。

他立即反驳："老板也觉得我请的人太多。可是，我是从五星级饭店出来的厨师，不多请几个人，没有面子。何况，有时晚上会有人订生日宴会什么的，万一客人变多，我很难马上找人来支持。"

他不想变。我苦笑，知道自己不必再说些什么了。商业社会的数据都会说话，如果数据不够理想，一定有必须解决的问题。如果只知道怨天尤人，那么，你只能等着让问题解决你。

台湾有很多餐厅，开在更偏僻的巷弄里，照样高朋满座。如果你做得够好，总有人会不远千里而来。我曾经在某个暴风雨的天气里，冒着山崩石落的危险，到某个位于鸟不生蛋的郊区餐厅用餐，人家照样是"人满为患"。

我想告诉你，一个人如果一直怪来怪去，刚开始，他会过得很轻松，因为错都在别人身上。但他终会活得愈来愈沉重。最糟的是，他会怪起自己的命来。怪命运最容易，因为天已注定，都不关自己的事。走到怪命运这地步时，就难翻身了。

一个人的态度，决定他会不会找到光。如果他能心平气和地接受事实，并且改进，那么，他永远是一个值得期待的人。

将平凡的事情做到极致

大多数人都希望自己能未卜先知。然而，在这个世界上没有人能做到这一点。但是，事情只要在我们的力量能到达的范围内，我们就能使之实现。

一天中午，我打算到一家当地小有名气的饭店吃午饭。来到饭店后，我发现已经没有单张桌子可用，所以我就坐到了吧台旁。刚坐下不久，一个侍应生端着一大堆刚用过餐的碗碟从我身边走过。他看见我，满脸歉意地说道："请您稍等一会儿，我马上就回来招呼您。"很快，他回到我的身边，告诉我："本来这不是我负责的工作，但我不想让您一直等着。"说完，他拿起我的点菜单，其中包括一杯无糖可乐。"先生，很抱歉，我们这儿不供应无糖可乐。"他又满脸歉意地说。

我告诉他那就来一杯白开水好了。

几分钟后，他端来我的食物，然后迅速回到他的岗位。他再次出现在我面前时给了我一个意外惊喜：一瓶冰镇的无糖可乐。"你从哪儿弄来的？刚才你不是说你们这儿没有无糖可乐吗？"我好奇地问。

“离这儿不远的街角有一个杂货店。”他告诉我。

“但你忙得团团转，怎么有时间去买？”

“不是我去给您买的，先生。”他说，“我把您的要求告诉了经理，她马上去杂货店给您买了这瓶无糖可乐。”

多么了不起的服务！他大可这样埋怨：“我为什么必须做这里的每一件事？”但他没有。

两个月后，我再次来到那家饭店。我要求我最喜欢的那个侍应生来给我服务。“他不再做服务生了，”我被告知，“老板升他去了管理部门。”听到这个消息，我笑了。这是我意料中的事情。

世界著名的慈善工作者特蕾莎修女曾经说过：“用大爱做小事。”那个侍应生用他的行动很好地诠释了这句话，也正是他一直愿意做的小事使他收获了今天的大结果。

那么多事情做不完，哪有精力去失落

1

大四这一年，消失几载的老朋友汪晨终于再度出现。朋友圈里，她正和一群金发碧眼的姑娘坐在图书馆里，齐齐对着镜头微笑。思念跨过大山大海，此刻的她应该是坐在华盛顿的灿烂阳光里，惬意地端着一杯醇香的咖啡。

那一年，稚嫩腼腆、倔强行走的女孩，小荷才露尖尖角。

而今，她已是映日荷花别样红。

2

高中的记忆，肃杀又绵长，我要努力回忆，才能穿过那些喧嚣聒噪的俊男靓女，将目光落在汪晨身上。剪着短发的瘦弱女孩，戴着厚重的黑框眼镜，温言细语，不喜张扬，靠窗台向阳而坐，把自己埋进高高摞起的教材中。

汪晨是英语课代表，对那漂洋过海而来的优美韵律有着极佳的天分和热情，而我的英语一直学得“半死不活”，因此也没少向她求教。后来，当我的英语渐有起色时，才发觉当初骚扰她的那些问题是何其幼稚，复而后知后觉地体验到了她的耐心。

有一次，两位英国人来校参观，汪晨担任翻译。礼堂正中间，她面带微笑，说话像吟诗赋词一样自信流利，让全场目瞪口呆。汪晨在班上一直是低调的存在，也不刻意去融入哪个圈子。那一刻，这个16岁的女孩，最是闪光。

在众人眼中，若论刻苦程度，我是男中翘楚，汪晨则是女中豪杰。四季循环往复，总能瞥见我们万年不变的伏案身影。唯有我知道，一场青春逐梦，我早已稍逊她一筹。我没有当科学家或政治家那样经天纬地的情怀，悉心备战高考，不过是想安身立命，得衣食饱暖，除此以外，再不敢妄想其他；而汪晨则自小孕育着美国梦，向往那片在安第斯山脉下种满可可的神秘土地。

3

在青春的尾巴上，我和汪晨双双折戟，她的SAT考试失败，我的武大樱花梦也刹那凋谢。还好，瘦死骆驼比马大，一所差强人意的高校，向我们这两艘漂泊无着的小舟敞开了停泊的港湾。

十年寒窗落下帷幕。那个夏天，被啤酒和烧烤充斥，我们嘶吼着《我的未来不是梦》，醉生梦死、日夜颠倒，竭尽所能将最后一点青春透支在故乡。

在这样一种狂喜、松懈、自由、迷茫兼具的日子里，汪晨出现在了我眼前。她不知从何处探听到消息：录取我们的高校，每年都会从新生里选拔出几十人组建精英班，届时将会有前往国内外名校当交换生的机会。百分之一的概率，却是一碗让我们梦想复活的还魂汤。

在汪晨极力怂恿下，在离大学开学还有月余的日子，我们结伴回到母校，几番祈求，终于得以进入一个复读班复习。好不容易从水深火热中解放出来，却又主动回到书山题海，在那个很容易让人安贫乐道的小县城里，想来，也只有我们两人敢如此标新立异。

虽是八月流火的季节，余热的威力却丝毫不减，呼呼转动的吊顶扇，挡不住我们的汗水打湿试卷。在这场痛苦的回炉中，看着同学们在朋友圈里秀景点和美食，我始终无法让自己宁静下来，三天打鱼两天晒网地听了几天课后，就敲起了退堂鼓。

而汪晨，在复读班一直坚持到了大学开学。

4

9月开学季，挫折二重奏，精英班的选拔中，我和汪晨双双败北。食堂里，我懊恼到食之无味，汪晨却有滋有味地对付着眼前的一条烤鱼。

开学班会上，辅导员觉得汪晨入学成绩不错，于是指定她担任学习委员。谁知，在众人的艳羡中，她低调地拒绝了这项与奖学金挂钩的殊荣。

少女心愿未完成。

对于大学的过法，我们产生了分歧。我觉得恰同学少年，大学便该多一分浪漫主义色彩，爱恨情仇、酒肉穿肠，该经历的一样都不能少。汪晨听了直摇头。于是我们这对一同走过三年的学习组合一拍两散。

如果用颜色来形容我此后的生活，则是赤橙黄绿青蓝紫。在这晃晃悠悠的时光里，我有冯唐式的高傲，王朔式的不羁，被李阳的成功学打动过，也因李开复的癌症而迷茫，体验过当学生会部长的感觉，也赏过圣诞的雪和重阳的雨，尽情享受年轻，青春的泡沫满到快要溢出。而汪晨只做一件事情，备战转专业考试，上课占据第一排，下课就匆忙奔赴图书馆。

有次，我与抱着辞典的汪晨偶遇。作为挂念她的故人，我温馨提示，你的美国梦，做得太用力了。她笑笑，不置可否。

5

直到汪晨搭上去往美国的航班，像候鸟从东半球向西半球迁徙的时候，我才从虚浮的春秋大梦中醒过来。转专业到外语学院后，汪晨的综合素质不是最好，学科成绩却是全A，恰好外语学院与华盛顿一所学校建立了交换生机制，于是汪晨得偿所愿，十年孤旅，一朝花明。

这几年，我经历太多，学生会换届，嚷嚷着要一起创业的兄弟人海走散，驾校没学完，好多领域都浮光掠影地尝试过，胡须长粗，身高定型，大学行将结束，却什么都未得到。

除夕佳节，在故乡小城与汪晨会面。她将永久定居美国，此次回乡办理手续。曾经只会穿校服的平凡女孩，头发染得金黄，回忆往事的姿态云淡风轻。

她问我，高中毕业后，你可曾为梦想疯狂地努力过？我愣怔，似乎，还真没有。

其实，我怀揣着一轮文学梦，渴望写下的文字被更多人看到，奈何它开始得太晚，在“00后”都已集体在文坛亮相的年代，它被隐匿在了我心中。

按照汪晨的建议，我开始沉下心，买来杂志逐篇分析风格；打开word文档，我磕磕绊绊地敲下第一行字，再把心血之作一篇篇投出去。每当石沉大海，我就想想汪晨那句“那么多事情做不完，哪有精力去失落”，复而又会鼓足力气继续写作。

这段时日，我攒足劲头，尝试将写作视为人生的第二次高考，昼夜循环，锲而不舍。

我永远都会记得，处女作发表的那天，天空是什么颜色，云朵是什么形状。我给汪晨打越洋电话分享喜悦，两人隔空谈论这些年的风霜，激动得热泪盈眶。

我迟来的写作之路，渐渐走上了正轨。

6

我时常会反思，我与汪晨被同一座小城的水土养大，在高中时同样刻苦，考入相同的大学，享受相同的教育资源，却为何在长大后会拉开一个太平洋的距离。

说到底，能认真备战高考并不是难事，但能把这种品质绵延一生却太难。高考、求职乃至结婚生子，没有哪一站是生命终点。走过一站不要停，策马扬鞭，只管往下一站而去。真正有梦的人，有常人所没有的笃定，能刨去生活繁杂的枝枝蔓蔓，稳稳捉住那条想要的鱼。

那一年，老师鼓励：泅渡在高考海洋中的我们，游到彼岸，此生就春暖花开了。

不是的，汪洋之后，还有晨光。

你妥协了，你快乐了吗

朋友S酷爱旗袍，每次聚会都穿不同风格的旗袍出席，她说这辈子最大的梦想就是开一间旗袍店，天天穿着旗袍招呼客人。我们纷纷表示支持，觉得S如此热爱旗袍，一定会把这家店经营得与众不同。

在我们的鼓励下，S决定无论如何都要开一家旗袍店，这辈子只剩下这么点爱好，再不去做，就真的老了。于是，S开始寻找店铺、货源，忙得不可开交。

朋友聚会时，我们关心地问她旗袍店什么时候开张，好去给她捧场。原本还谈笑风生的S突然变得闷闷不乐起来，说旗袍店不开了。说着，长长地叹了一口气。

我们忙问遇到了什么困难，看看有没有什么地方可以帮忙的。S犹豫了一会说，老公不同意，觉得她现在的工作稳定又体面，收入也不错，还可以照顾老人，一旦开店，前期就要投入大量的时间和金钱，而且她从来没有做过生意，老公对她的能力也不信任，觉得此举太疯狂了，并且还联合了她父母给她施压，父母也劝她别折腾，放着好好的福不享，开什么店呢！要是店没开好，还影响了夫妻感情，那就真的得不偿失了。

在一群人的反对下，S迟疑了，虽然还是热爱旗袍，虽然旗袍店是她一直以来的梦想，但她不敢坚持。我们叹了口气，没说什么，毕竟那是她的人生，她的选择，我们尊重就好。回去的路上，S自嘲地说："我以为只是妥协一次，结果我却妥协了一辈子。"

我认识S很多年了，她的性格和脾气都很好，很少与人争执什么，遇到事情总是习惯为别人着想。念大学时，她想选音乐系，可是在父母眼里音乐系不是个正经科目，念了也没大用，坚持让她选择金融，因为她有个姑姑是银行行长。S郁闷了很久，最终还是顺从了父母，选了完全不喜欢的金融专业，那四年里，我不止一次地听到S抱怨父母，但却不敢按照自己的意愿选择。

毕业后，同时有两个男生追她，其中一个家境不太好，但对S用情极深，S也很喜欢他。另一个追求者就是现在的老公，家境优越，但S总觉得他太过自私，可父母完全不支持她选择前者，认为缺乏必要的物质条件还怎么给你幸福？

这一次，S抗争了，父母极为震怒，采取了更为激烈的手段迫使S就范，甚至跑到男方公司去闹，S很快败下阵来妥协了。男友流着泪对她说："我根本不在意你父母怎么对我，只要能和你在一起，我什么都能承受。"但S没有足够的勇气与父母对抗，两人含泪分了手，S嫁给了父母满意的男人。婚后，S是个好说话的人，有什么分歧，她会退让，所以和现在的老公相处也没有大问题，如果不是这一次的开店事件，两人应该会一直平平静静地生活下去。

大多数人也觉得S生活得不错，夫妻俩收入不错，共同养育一个孩子，双方父母条件也不错，比起很多人，她已经是非常幸运的了。

然而，在一次同学聚会后，S打电话给我："亲爱的，今天我又见到他了，看见他的一刻，我只有一个想法，我这辈子嫁错人了，我不快乐，我真的一点也不快乐。"我完全理解她的心情，S失去了自己的人生，一个没有期待和追求的人生，其他东西再充足，也是枉然。

我们经常抱怨生活各种不顺心，婚姻生活平淡得像一杯白开水，工作枯燥乏味，毫无乐趣。

可是亲爱的，曾经你也对婚姻、爱情充满了憧憬，对事业有自己的规划和追求，为什么最后会生活成这样呢？你努力过吗？你坚持过吗？你有没有勇气在真爱到来之前抵住所有的压力，只为找一个自己喜欢又满意的伴侣呢？你有没有勇气抵住所有的质疑与诱惑，只为坚持自己的梦想呢？

我们一直以为妥协一些，将就一些，这个世界就会为我们让出一席之地。但其实最后，除了失去更多，什么都不曾得到，徒增许多怨念。

这个世界上值得你退让、妥协的人只有一种，那就是成熟、感恩、珍惜你付出的人，可是这样的人却不会让你委曲求全，牺牲自己。比如你嫁了一个成熟、感恩的老公，你愿意为了他放弃心爱的工作而更多地照顾家庭，你愿意舍弃自己的爱好而去成全他的追求，但他却不会让你这么做，他会尊重你的人生与付出。

不必羡慕那些过得比你精彩的人，她们并不比你优秀，只是在自己的人生里，她们有自己的想法与追求，并且有勇气去坚持。

年轻时，我们理财的对象是知识和能力

年轻人，不要把时间浪费在股市上，股票市场不是年轻人应该去的地方。对年轻人来说，玩股票就跟爱上赌博一样，是在浪费生命。年轻人一旦把自己有限的积蓄投入到股市中去，就会被行情的波动死死地抓住，然后在里面虚度光阴，沦为庸碌之辈。

炒股，损失的不仅是钱，最重要的是会耽误我们最宝贵的财富——个人才干的提升。而后者才是我们可靠而长远的财富来源。

我进入股市的时间是2006年7月，当时上证指数才1500点，我觉得中国股市的价值被严重低估，就找人借了十万块钱去炒股。想不到竟然遇到了中国历史上最大的一轮牛市。买什么股票都在涨。那个时候就有了一种幻想，觉得股票赚钱很容易，以后就可以靠这个吃饭了。2007年股市到6000点的时候，我赚了有20多万。但当指数从6000点开始下跌的时候，过去一年多挣的钱就开始一点一点往回吐了。这时候我才发现，自己曾经非常得意的那种“炒股技术”，没有一个管用，买什么股票都跌。一直跌到3600点，亏得还剩不到十万块钱，终于受不了，斩仓出局。这时候再算账，接近两

年的时间，实际上只挣了大约十万块钱。

然而这个时候再去找工作，就变得非常困难。我既不是应届，又没有足够的工作经验。没办法，只能重新回学校读书。这一段经历，让我刻骨铭心。让我知道了什么叫作“珍惜生命，远离股市”。

人的一生，从20岁到30岁之间这一段时光——如果你不是富二代或者官二代的话，是比较难熬的。包括像任正非、柳传志、马云、刘强东这些白手起家的大牛人，在这个年龄也是比较黯淡的。因为这一段时间，刚刚从学校走进社会，资历、经验、关系网络什么的都不够，付出和收获很不成正比。

但是，如果不考虑家庭因素，同龄人之间在20岁到30岁这段时间不会拉开很大差距，农民工和硕士毕业的收入差距不是很大。但过了30岁以后，差距就会拉大。有的人进入中层领导的行业，积累起自己的人脉资源，从此进入一个比较好的发展时期。而没有进步的人可能会原地踏步，人和人的差距就越拉越大了。

正因为如此，年轻人如果把时间放到炒股票上去，每天被行情的波动折腾得对本职工作心不在焉，最大的损失不是钱，而是耽误自己能力素质的积累。对于那些一无所有的年轻人来说，他们最值钱的东西是自己的学识和才干。

股票上挣的钱能够立竿见影地看到：行情最火爆的时候，一两个月就能翻倍。但是时间长了就会发现，这个东西根本不挣钱：挣到的还会赔回去，得不偿失。

相反，在工作学习上所花的时间，短期内很难挣到什么钱，但长远来看，平时一点一滴的积累，最终会在关键时刻让你脱颖而出，并因此而受益终身。这种回报，比股票市场上能够挣到的钱，要多得多，也要可靠得多。

更何况，我们难道真的就想当一个每天坐在电脑前面看股票行情的人吗?

其实，任何年龄段的人，只要他还没有对自己的事业失去信心，还想着取得比现在更大的进步，那么就不应该去玩什么股票。股票，要么是专业人士玩，要么是退休了没事干的“中国大妈”去玩，除此以外的其他人参与都是危险的。

股票市场这种制度的设计，本来就不是给普通人赚钱的。任何稳定的收入，都要对应一种我们所能掌握的资源。要么掌握生产性要素，创造财富；要么掌握破坏性要素，掠夺别人的财富。

比如，你精通计算机软件，那么就可以从编程中赚到工资；如果你精通企业管理和市场营销，你就可以成为一个成功的企业家，这些都是你利用自己的能力——也就是你能掌握的生产性要素参与社会分工，创造财富，然后获得合理的报酬。

还有一种相反的，就是你个人掌握了破坏性资源，能够从别人手里掠夺财富来获得收入，这叫“破坏性要素参与分配”。

总之，不管是生产性还是破坏性要素，你总得有一样。如果你一样都没有，就是去赌钱玩，最后一定是得到一个平局：一会儿输钱，一会儿赢钱，加起来不输不赢。

但在真正的赌场里边，输钱的总是赌徒，赚钱的总是庄家。这是因为庄家掌握了“破坏性要素”，就是可以通过操纵规则和作弊来掠夺赌徒的钱。

那么到了股市里，我们掌握了什么资源可以参与它的财富分配呢？有生产性要素吗？没有。那些能够经营企业上市的企业家才有。有破坏性要素吗？还是没有，那些操作股市的庄家才有。那我们这些普通人，凭什么能赚到比把钱存在银行吃利息更多的钱呢？

把这个道理想清楚，我们就不难发现，去股市赚钱，最好的结果，就是不亏本。有时候看起来一夜暴富，其实很快又会亏出去；但大部分结果是，被那些掌握了“破坏性要素”的人掠夺，浪费了时间还亏了本。

不管是哪一种结果，我们的时间都耽误不起。有人相信“价值投资”，认为学习巴菲特，放在那里不动，又能挣钱又不耽误本职工作。这种想法同样行不通：如果你只用很少的一点钱去炒股，比如收入的10%，这点长期“价值投资”的收益其实对你的收入影响不大，还不如放在银行吃利息省得操心。如果你投入大钱去炒股，股票的波动会影响你的生活，那么你虽然心里想着价值投资，但还是会变成一个赌博一样，每天除了关注股市行情以外什么事情也做不好。

在我们年轻的时候，能够掌握的那一点点资金，根本不值得浪费时间去“理财”。最需要“理”的“财”，是自己的知识和能力。如果你还是对股市恋恋不舍，还做着一夜暴富的美梦，那么，你生活的价值，无非就是花一些时间在电脑屏幕上观察K线做无规律的布朗运动罢了。

如果生活充满了阴霾，请保持微笑

她天生没有双腿，却热衷冲浪、滑雪、游泳、滑板等极限运动，她不能像常人那般奔波忙碌，却拥有每天赚1000美金的能力。即便她身体残缺，但也不妨碍成为人们心目中最美的女人。她就是模特——凯娅·丝赛尔。

凯娅·丝赛尔出生在泰国，她的父母在一个深夜，将她遗弃在寺庙里佛塔的楼梯上。六岁时，一对夫妇无意间邂逅了她将她收养，她的命运从地球的一端，迁徙到了地球的另一端——美国俄勒冈州波特兰市。

凯娅·丝赛尔的养父是个运动狂人，常常宠溺地把她抱上滑板，拉着她出门玩耍。从此，聪慧的凯娅·丝赛尔学会了很多种运动，她能感觉到生命的阳光，热烈地笼罩着自己。她的阳光和自信感染了身边的人，凯娅·丝赛尔因此拥有了很多朋友。

15岁那年，好友薇尼邀请她一起去参加著名的Billabong运动品牌模特招聘会。从走廊经过的监考官看见凯娅·丝赛尔的时候，特意指名让她参加了这次竞聘，那些佳丽做梦也没想到，这个矮了她们几十厘米的女孩，竟然过关斩将一举夺魁。

考官在宣布结果时，说："凯娅·丝赛尔身上有一种奇异的性感，虽然她没有修长的双腿，却可以展示出大家从来都不曾见到过的美。"

可是，当Billabong公司隆重推出凯娅·丝赛尔拍摄的时尚运动系列专题宣传画报时，并没有获得预期内的轰动。人们无法接受一个没有双腿的残疾人，去做象征无限活力的运动品牌传播人，一时间讥讽、毁谤四起。

这时候，凯娅·丝赛尔依旧微笑着从容地和负责人商议，策划一场海滩运动品牌发布会，她将现场为大家展示冲浪表演，力争能为品牌重新树立新的形象。负责人半信半疑地接受了凯娅·丝赛尔的建议。

在夏威夷海滩上，表演如期举行。各个媒体和一些冲浪爱好者前来围观，很多人都轻蔑地等待着一场滑稽闹剧的开演。

只见凯娅·丝赛尔趴在冲浪板上，娴熟地向海里游去，一波又一波的海浪，缓缓地从她的身旁涌过，凯娅·丝赛尔全神贯注盯着不远处，为渐渐袭来的海浪做好准备。就在浪潮涌近的刹那，她趁势一纵，冲上了汹涌的浪尖，整个人被波涛抛向了空中。岸上的人群发出比海浪还要激烈的赞叹、尖叫，凯娅·丝赛尔并没有因此而受到任何干扰，依旧平衡着身体，轻松地享受着冲浪的快乐。突然，一股漩涡将凯娅·丝赛尔包围起来，她紧紧地抓住冲浪板掌握着平衡，随着颠簸的大浪在咸涩的海水里打了几个滚，等混乱的浪潮渐渐平息，凯娅·丝赛尔以一个漂亮的姿势，再一次冲上高峰。

一场完美的冲浪表演结束后，凯娅·丝赛尔在时尚界爆红。之后，Nike、Rip Curl、Volcom和一些内衣品牌看中了她阳光自信的形象，争先恐后抛出了橄榄枝。

大家发现，几乎凯娅·丝赛尔所有的照片都带着自信阳光的微笑。在一场内衣品牌发布会上，她说："我只想通过积极的形象向大家展现出自己微薄的力量，希望能鼓励所有的人，都能正确直观地面对自己、接受自己。"

如果生活充满了阴霾，请保持微笑，那是上天为你投递的光芒，它能让你成为最耀眼的自己。

为人处世，无非就是贱人自有天收

24岁刚毕业的那年，我去一个古镇旅行。夜晚，一个人坐在楼下的沙发上，除了我之外，仅有一个老板坐在柜台前，他低着头，好像在看书。

这是一个价格不菲的旅店，比许多快捷酒店的价格高出许多，我是用那最后一年的奖学金去旅游的，否则对于我这个学生族来说，简直是天价。

差不多10点，一对老夫妻走到旅店门口，一人一个包裹。女人跟在后面，男人颤巍巍地走进来，轻声问，你们旅店价格多少啊？

老板报出了价格，两个老夫妻被吓了一跳，转身就走。而在老夫妻快走出门的那一刻，老板说，你们来住吧。

我不知道老板最后给了他们什么价，但一定是很低的，两个老人很高兴，但又不好意思，嘴上说着“真是碰到好人了”，然后一边推辞着，一边往里走。

后来，我才知道，老板只是偶尔来古镇打理自己的旅店，他真正的身份是一个商人，开着很大的企业，雇了职业经理人，早过了一段艰苦的日子，当下已是自由又闲适。老板与我说，以己度人，如果这么晚了，继续去一个陌生的地方找旅店，那会是一件多么寒心又崩溃的事。更何况是两个老人，毕竟天黑了。当然了，我也并不缺那些钱。

我翻出这个故事，是因为前两天在朋友圈里看到一件事，他这样写：终于知道了一句话叫“贱人自有天收”。那天我刚下车，看到一个男子在对一个老人吼叫，大约是这个老人一不小心站在了他家门口。他瞪着眼对那个老人说，你走开。老人红着脸，像个做了错事的孩子。可当他出来的时候，发现一个男子搀着那个老人，刚才吼叫的男人赶紧跑上去认错，不好意思啊，我刚才心情不好。大约他不知道，他刚吼的是一个跟他有直接业务往来的老板的母亲。

我笑着回复：每一只螃蟹总有一天会碰到坚硬的石头，轻则断脚，重则送命。

从来，对弱者都是没有定义的，弱只是一种比较级，与“强”是反义。比你地位低的，是弱；比你穷的，是弱；比你挫的，是弱，在你看来，强大的反面就是弱。弱本来并不可怕，可怕的是这个世界，对于弱者总带有提醒意义。因为弱，你总是会发现自己被挤在一个角落；因为弱，你总会不经意注视到那些带着眼白的人其实根本不美；因为弱，你会发现自己总是被同情。

从小到大，我生长在一个并不算太优渥的家庭里。也许就是这样一种不优渥，使我在学校里除了成绩好之外，实在没有什么让老师刮目相看的事情。然而在这个家庭里，我最崇拜的人，是我的奶奶，她现在85岁了，依旧是一个慈眉善目、富有同情心的老人。

我听过她的许多风言风语，她是一个人缘很好的女人，但终不是人见人爱的。有人说她同情心泛滥，也有人说，她只是那个老好人，但她总与我说，你可以与强者横眉，但要尊重弱者，因为在弱者身上，你施展的强大只会让你看起来卑微。当然，这句话是我改编的，但大概就是这个意思。

小时候，我们小区的乞丐很多，一些乞丐一而再再而三地来小区里行乞，无非是在这个小区里能拿到太多的旧衣服和钱。

不过，渐渐地，有些乞丐来得多了，就打扰到了平日的生活。一些邻居开始辱骂甚至泼水。有一次，一个胖阿姨开门，自己的孙女看到乞丐，吓得大哭，胖阿姨拿起菜刀吓唬着，你再来，再来就砍你了啊。

而只有奶奶，时常端出一碗饭、一碗菜给他们，当然，奶奶也是知道的，一些人的穷或许只是因为他们懒。但她没说，笑语盈盈的样子。用她的话说，每次看到这些蓬头垢面的年轻人，总是想着，作为父母该是怎样的心寒啊。年纪轻轻，没手艺，不干活，躲在天桥下睡觉，第二天又行乞。这日子真是坏极了。

最后，有一天，奶奶拿出一碗饭说，这是我给你们的最后一碗饭，我还没有吃过饭，我把我的饭给了你们。但你们还那么年轻，赶紧去干活吧。讨来的食物终究不如自己赚来的。

那个乞丐被说得脸红了。至此，就再也没有见过他们。

有一句话是：一个国家对弱者的态度，其实反映着这个国家的文明程度。此句度人，觉得简直是至理名言。前段日子，看了《夏洛特烦恼》，里面的夏洛就是我们生活中每一个遇到强者时的小人物，不被人重视，随意被人调侃，以致后来一直妄图强大，扭曲到不停地靠虚幻的一切武装自己。你可以说，夏洛是因为内心不够强大，但是，当你的人生无数次被挤到角落里的时候，你也希望有那么一点点的阳光，可以温暖你的内心，或者只是身体也好。

这个社会，对于强者的尊重太多，就好像是一部戏里的主角，所有的化妆师、灯光师、摄像机的焦点都不约而同地在他身上，他可以随意摆弄自己，表达情绪，甚至有时可以更改剧本，也无可厚非。而弱者，大多数时候，只是那个根本没有特写的群众演员，吃着盒饭，没有经纪人，甚至随时都有可能被撵走而要不到工资。

我工作后的这些年，听过无数个故事，大约都是因为家境差而被欺负，因为穷而被欺负，以至于有一个朋友一气之下贷款买了一辆奔驰，大摇大摆地去上班，然后终于被领导刮目相看，不再被为难。

但我想说，这一路，小心翼翼地走，遇见了太多的好人，然而这种好人的共同特点都是：把所有的人都当人看。

我刚进单位的时候，只是一个刚毕业的小姑娘，什么都不懂。那些年，我在农村工作，每天都过着背朝黄土的日子，有时从早上6点一直干到晚上6点。但我印象最深刻的是，那段时间单位的领导，在每个下雪的日子，总会送我和另一个年长的师傅下班，当时，我还没有买车，镇里的公交还算方便。只是，他一直说：同在一个单位，没有领导与下级之分，大家都是朋友。要知道，我家与他家跨越整整一个县城，如果他不送我下班，大可以提早回家一个多小时，并且我家是市区的最中心地带，每天的堵车常常会有让人弃车而去的想法，他就这样送完我，然后送另一师傅到家。

那是我毕业之后感受到的最强烈的温暖，因为这之前，我几乎做好了“江湖险恶”的准备，打算披一件铠甲，装一身刺，在别人攻击时随时还击。而我碰到的那一个领导，让我放下铠甲，懂得了工作的时候，是可以真诚、善良和勇敢的。

我的领导现在还是一个小领导，但据我所知，他的口碑一直特别好，他拥有了许多荣誉，别人说起他，都是带着赞美的。

后来也时常有人问我，被欺负了怎么办？我给的回复大多数是：无关原则的话，吞下这一口。待到强大时，以德报怨。许多时候，人的一生就是无形的，你没有走到终点就不知道你是谁，可是教养是跟随你一生的，好人未必有好报，坏人却一定有恶报。这句话虽然不是绝对正确，但至少可以鼓励我们做一个好人比做一个坏人有底气，做一个有教养的人比没教养的人重要得多。

我想说，一个真正强大的人，是不需要欺负他人来垫高自己的。强者对弱者下手，是生物链的规律，但不是人与人之间的规律。强大的时候，请记得，一定要把自己当人看，把别人当人看。因为人海茫茫，你永远不知道，下一刻，你是谁，他又是谁。

一个人的品行，在于他如何接受失败

耶茨有一篇小说《自讨苦吃》，里面的主人公沃特，从年少时起永远扮演那个蜷着身子滚下山去的失败者，他似乎骨子里就喜欢胜任一种简单而轻松的失败。然后，在未来的工作中，他被老板开除后，也并没有太伤感，他开始用一种精神享受失败治疗自己——一边在街上乱转，一边拼命地找工作；一边向家里撒谎，一边又不小心露了馅。许多人在点评沃特这个人物的时候，都以“妄图享受失败”的男人来附加，可是，在读完的那一刻，我却只觉得一种荒凉—— 一种平凡人失败后的荒凉和对人生最大的妥协。

我之所以说这个故事，是因为前段时间，我的一个朋友又失业了，那一晚，她在朋友圈里更新了一个状态：假如我一辈子都注定失败，我也要勇敢地走下去。加油！

失业这件事是她后来和我说的。她不敢告诉家人。她每天拎着笔记本在以往上班的时间准时出门，坐在城市咖啡店的门口，蹭着网找工作，又在回家的时间准时出现在父母面前。她只希望能够悄无声息地度过这段短暂的没有工作的日子，然后无人察觉。

我说，加油，每一个不曾起舞的日子，就是对生命的辜负。而你努力了，成功或失败就交给命运来安排吧。

老实说，她是一个特别努力的人，可是好像从来没有被幸运眷顾。学生时代做作业，她总是第一个完成的，厚厚的两三页，用了许多时间找资料，可是优秀作业的名单里永远没有她。考试之前，她从不临时磨枪，一般提前半个月就开始出入图书馆复习，到了考试前几天，连午饭的时间都舍不得花，几块饼干了事，可是他们班的学业优秀生和奖学金也永远与她无缘。毕业那年，她准备考体制，整整准备了一年，在笔试成绩出来的时候，远远低于面试分数。她从来没有问过我，为什么别人努力了有成绩而自己没有，她只是每一次失败后又再一次继续努力。

她的失业都不是主动辞职，也不是老板炒了她的工作，而是她不幸接连地遇到了公司的关门。第一份工作，她在我们城市的一个小型互联网公司上班，每个月1000元的底薪，每拉到一笔业务，可以有5%的提成，她就这样没日没夜地为了客户的广告方案做策划，也偶尔为了业务与客户喝酒。可是，五个月后，老板在没有任何通知的情况下，关了网站，遣散了所有员工。这是她第一次失业，好像并没有什么关系，只觉得这是工作路上可能会遇到的挫折。

她的第二份工作，是在一个快递公司分点打杂，收入5000元，这个收入并不低，对她来说，显然已经足够满意，用她的话说：

当你没有足够的钱维持生计，我不知道学历和梦想到底是用来做什么的。这份工作的工作量很大，分站只有她和老板，她负责统计单子，老板负责外面送货，每天工作至少12个小时，遇到双十一，更是腾不出手脚，但她并没有怨言，甚至经常感激于老板送她的一个kindle，或是带她去吃酸菜鱼。今年，老板因为觉得做快递太辛苦，改成了开出租车，而她就这样又一次失业了。

许多人会质疑她是不是用错了劲，努力错了方向，导致自己一而再、再而三地经历一次次学习和生活的失败，可是，谁又能说哪一条路一定是通往成功的道路，而哪一条又必定是走向失败的。事实上，于我们大多数人来说，成功是一种偶然，甚至是可遇不可求的。我们过的只是平凡的生活，在失败中爬起来，然后继续过平凡的生活。

经常有人私信我：如何让自己达到自己预想的成功。我知道，他们是想问我努力的方向，抑或是安慰他们一定会成功。一直到有一天，有一个叫H的女生给我写了封邮件问我：你那么努力地写作，如果一辈子就这样平凡，且无声无息，会后悔吗？

父亲在我最初写作的时候，就告诉一个事实——我的性格决定了我永远四平八稳地生活，就像是少云天里的阳光，不耀眼就没有人会在意。父亲的这一盆冷水，让我在之后的写作中，始终抱着一种“成也好，败也好”的心态，人一旦不渴望成功了，对许多身外事就显得格外随意。比如一些编辑曾与我开玩笑，如果你没有过稿，会不会很伤心。我说，我认真写完一篇稿子，这件事其实就是结束了。而之后，早已当失败是正常，成功当恩赐了。

《纸牌屋》里有一句话是：一个人的品行，不取决于他如何享受成功，在于他如何接受失败。一次，我在闺蜜群里发了“假如我们一辈子不成功”这句话，T小姐说，假如我们一辈子没成功，我们还是可以开心地坐在小餐馆里狂吃。包括我，包括我周围的许多人，都有可能遭遇一辈子不成功的尴尬；勇敢而坚强、开心而豁达，就是我们对命运最大的和解。

假如我们一辈子不成功——用村上春树的话来回答：要平安无事地活下去。

珍惜每一次机会，好运就会向你靠齐

向姑娘一直被外人认为是百分百幸运女孩，而她也认为自己是一个幸运的姑娘，因为她进入公司第一年，就被评为优秀员工。再之后，她一路高升，在各种团队竞赛中均获第一名，用了两年时间就成了部门总监，还在我们这个房价不算太高的城市买了房和车。

她觉得自己遇到的客户都很好，不仅生意上合作愉快，知道她单身后，还会给她介绍对象。

她觉得自己遇到的上司很好，在她代表分公司优秀员工参加总公司培训的时候，有和分公司老总单独相处游玩的机会，两个女人一见如故，从此成为朋友。她努力提高业绩做到最优，老总给她一路升职，且充当着她的人生导师。

她和媒体关系融洽，被我们当地不少媒体采访过，这不仅让她在专业领域名声远扬，还顺便给自己的公司做了宣传。

人生如此，简直令人羡慕嫉妒恨。然而在我看来，她现在所有的成就，都是她应得的。与其在她所有的经历里贴一个幸运的标签，不如用她信奉的那句话来形容，那就是：越努力，越幸运。

刚进入公司一年，她就升了职，并且在各种团队竞赛中获第一名，那是因为她在那一年里没有过任何娱乐项目，从来没有12点前睡过觉。

她可以和上司成为朋友，是因为那次培训结束后集体出去玩，结果天公不作美，天气阴沉得厉害，一车人不开心，下了车大家也不爱玩。只有她和那个分公司的老总两个人觉得既然来了，什么天气都要玩得开心，于是两个人就一起玩。她当时资历尚浅，根本就没有见过老总，并不知道那是自己分公司的老总。

至于和媒体的关系，她更是用心去维护。有一天我去办公室找她，刚好碰见一群记者来给她做访谈，访谈完毕，她留着记者们一起吃葡萄聊天，丝毫没有“我是你们的嘉宾，就该高高在上”的样子。看她如此对待记者，我彻底服了。我相信，她对待客户肯定会更加周到。

一个人在步入职场之后，一路顺风顺水地往上升，肯定会有幸运的成分在，但是，很多人忽略了幸运的背后。在幸运的背后，是由无数的小细节堆成的，自身的努力、与人为善以及所有的积累，一点点量变引起质变，一次又一次的良性循环。如果一定要说有什么幸运的话，那就是，珍惜每一次的机会，渐渐地，所有的好运气都会向你汇聚。

Part 4

韶光变锦绣，温暖整个青春

流光容易把人抛，
红了樱桃，绿了芭蕉。
可翩翩少年一任前行，
只把韶光变锦绣，
品了樱桃，绿了芭蕉。

韶光变锦绣，温暖整个青春

6月，花红柳绿。小城的清晨，异常清爽。

今天，太阳还没起床，街上却比往日热闹了许多，陆陆续续的人啊、车啊，都奔向一个个写着“高考考点”的地方。

“哈，都穿上我们的新衣服啰！”一群穿着一模一样红T恤的少年，在轻声地交谈着。彼此看看T恤背后五个可爱的字——“明天会更好”，他们相互举拳示意“加油”。

“老师来了……”不知是谁轻声地说了一句，底下红色的一片刹那间安静了下来。

循声而望，朝他们走来的是一位拄着拐杖的年轻男子，同样身着一件红色T恤。很显然，他是他们的老师。

孩子们好奇地围过来，只见老师的T恤后面竟然也有五个字——“我们在一起”。

“老师……”微弱的，却又是清清楚楚的哽咽，在人群中蔓延开来。

那拄拐杖的男子微笑着，拍拍紧挨着他的孩子：“没事儿，老师这不是来了吗？放心去吧，老师等着你们！记着哦，我们是风火少年！”

“是，我们一起去追风……”孩子们相继笑了，响亮地和老师应和着。

原来，考试前夕，这个男子——这群孩子的班主任，在送生病的学生去医院的路上不小心扭伤了腿。同学们原本想去探望他，可他不但阻止了，还托同事带给孩子们每人一件火红的T恤……

此刻，这片红，艳艳的，真像一团火，无畏无惧地燃烧着，却有着无比镇定的神态，淡淡的笑容，多么让人踏实的妥帖啊。

考点外，几顶黄色遮阳棚下的桌子上，摆放着五颜六色的花伞。孩子们看见了，都兴奋地跑过去，一个接一个地拿着伞，开心极了。

片刻之间，马路两边翠绿的梧桐树下，灿然然地盛开了一朵朵的花，飘动着，慢慢四散开去。

天渐渐暗了下来，雨也渐渐小了起来，小城静了下来。

翌日，又是一个大晴天，那些青春少年又来了，他们走到黄色的遮阳棚下，放下一把把花伞，冲着遮阳棚里的人清脆地说了声“谢谢”之后，便仨一群俩一伙的，你我说笑着，再次走向考场，那么洒脱，那么自然。

121把伞，是小城20名爱心志愿者为孩子们买的，他们不过是想给孩子们一点点的鼓励、一点点的方便。可是，一场大雨之后，盛开过的伞全部重新返航了，带着一股股青春特有的芬芳，带着无人而设、突然出现的特殊“考题”的满分答案，带着青春里实实在在的正能量。

121把伞啊，一把不少。这金灿灿的遮阳伞，在青春少年里，熠熠生辉啦！

终于，完成了自己12年奋斗的答卷。走出考场时，天是蓝的，地是绿的，就连心情，也是明晃晃的透亮着。

人群中，分外惹眼的是一位瘦高的“绿色男孩”，他戴着太阳帽，穿着绿色T恤，抱着一台单反相机，穿梭在来往的人群中。他身后有着这样的标示牌：给青春留下高考的印记（免费拍照）。

原来，他是去年刚参加完高考的学生，如今就读于某大学的编导专业。大学里的他，回首自己的高考，愈加觉得，应该为那青春里最庄严的时刻留下一些什么。

于是，他就想利用自己的所学，在高考时为更多的考生和家长留下美好的回忆，而最后一场考试之后的离开，也许是最能触动心灵的时刻吧。于是，小伙子抱着相机来了。

小伙子不停地忙碌着，在他的单反相机里，有青涩忐忑的焦灼，也有爸妈和孩子的相依相偎，但更多的，是那些纯真的笑，滋润着开花的年华……

都说，流光容易把人抛，红了樱桃，绿了芭蕉。可是，翩翩少年们才不是呢，他们不惆怅，不多忧，一任前行，只把韶光变锦绣，再回眸，却是品了樱桃，甜哩；雨打芭蕉，美呀。这声色，饱满而生动，斑斓而多彩，孜孜不倦地温暖了整个青春。

别让我再看到你

别让我再看到你

上午一放学，学生曹飞就莽莽撞撞地闯进老师办公室。郭老师瞟他一眼，不耐烦地说："我要下班了，有什么事赶紧说！"

曹飞红着脸把身子挪过去，结结巴巴地说："郭老师，这段时间，我可能每天早晨要迟到，我想请您原谅我！"

听到曹飞的请求，郭老师的脸色青一阵紫一阵的，这不是明摆着跟人叫板吗？

这个曹飞，是郭老师班上的一个插班生，是去年冬天插进来的。多一个学生多一点负担，再说，郭老师对曹飞的情况也不了解啊！所以，她压根不想接收曹飞。不过，插班的事是校长压下来的，她抹不开面子，只好别别扭扭地把曹飞收了。为此，郭老师的心里疙疙瘩瘩好一阵子了。

疙瘩归疙瘩，郭老师并没有为难曹飞，可曹飞却和郭老师过不去。最近几天，曹飞天天早晨迟到。迟到就迟到吧，郭老师也并不想把他怎样，谁知，他竟然闯进办公室跟郭老师提出这么一个无理的请求，简直是挑衅。

郭老师怒火中烧，开始大声咆哮：“你以为槐阳学校是自由馆啊！别以为你有校长做后台就可以胡作非为！我已经忍你好久了，你还想咋样？天天迟到还要我原谅？那好，我问你，你总得给我一个让我原谅你的、让你继续迟到下去的理由吧！”

可是，任凭郭老师嗓子喊哑，曹飞就是蔫头耷脑不吭声。

郭老师的忍耐力经不起曹飞这般沉默的挑战，她忽然站起来：“你走！哪来的回哪去，咱们班上不要你了，我看不上你这样的人，一个插班生不守规矩，给班里抹黑。马上走！谁说情也不行，别让我再看到你！”

说完，郭老师甩手走出办公室。

再给我半天时间

回到家，郭老师还在生曹飞的气：真是欺人太甚，仗着自己跟校长有关系，就不顾校纪班规！

吃过午饭，郭老师准备午休。可是，躺到床上后，她又想起曹飞的事，心想万一校长问起劝退曹飞的事怎么办？因为曹飞老是迟到？显然理由不够充分。

郭老师心里开始翻腾，睡不着了，骑上自行车往学校奔去。班上有几个尖子生习惯中午在学校学习，她要找学生们深入了解一下曹飞的情况，或者说是搜集一些足够劝退曹飞的其他证据。

由于精神不集中，半路上，郭老师的自行车轧上一块砖头，一个颠簸，自行车链条从轮盘上脱开去了。

她一边叹气一边推车往前走，她记得不远处的路口有个修车的小摊。

郭老师费尽九牛二虎之力才将车子推到路口，结果，又失望了，她没找到修车师傅。怎么办？她现在离学校足足有两里地，离家也有两里地，推车到学校或者回家，她都没信心。

正当她束手无策时，有个人朝她跑来，她定睛细看，来者居然是曹飞。

“郭老师，车子坏了？我帮你看看。”曹飞边说边从书包里拿出几个扳手，弯下腰就去拧螺栓。

郭老师看了曹飞几眼，忽然觉得不对头，她说：“不对，你怎么知道我的车子坏了？你还带着扳手？说，是不是你在我的车子上动了手脚？把我车子弄出毛病，你再给我修好……别以为我不知道你的把戏，你就是打算帮我修车贿赂我！是不是？”

曹飞没回答，照旧曲着身子拧螺丝。郭老师急了，把曹飞搡开。也不知是哪来的力量，她拽过自行车推起来：“曹飞，我警告你，别让我再看到你！”

曹飞猛跑两步拦住郭老师：“郭老师，我知道您是铁了心了，我也知道自己几斤几两……您不要我了，我也不缠着你，我没别的意思，我就是想让您再给我半天时间。”

不管曹飞怎么哀求，郭老师就是不答应，她只顾推车往学校走。曹飞呢，就像块狗皮膏药一样黏着她。她快步向前，曹飞又猛跑几步拦在车前。

就这样僵持了好一会儿，郭老师忽然想起学校今年的春运会，曹飞参加了三千米赛跑。刚一起跑，曹飞就被甩在后面，可他没有泄气，一直努力追赶别人，在最后一圈，曹飞竟像一个发疯的小豹子一样，超过一个又一个同学，得到亚军。到达终点，他那双眼珠子似乎直想从眼眶里跑出来。见到郭老师，他憨笑着说：“老师，我没给班里丢脸！”

想到这，郭老师心里一怔：曹飞是不是有什么难处？他应该不是个坏孩子。郭老师停下来：“好，我再给你一次机会，你好好珍惜，别再迟到了。”

千恩万谢后，曹飞像个猴子一样进入校门。

车棚里的“破坏者”

上课了，郭老师拖着疲惫的身子进了课堂，向教室扫了一眼，曹飞又不在。郭老师刚刚熄灭的心火又燃起来：“这个曹飞，死不悔改，一定是上哪玩去了，枉我一次又一次给他机会。你们谁看见他了？”

班长说：“曹飞说有点小事不来上课了！反正您也不想要他了，您就别为他操心了。”

第二节课下课了，一个小女生胆怯地叫住郭老师：“老师，我告诉您一个秘密，您别生气。刚才我上厕所时，无意中看到车棚里好像有人提着书包走动，人我没看清，但书包好像是曹飞的。我想，您最近老批评他，是不是他要报复您，给您的自行车使坏啊？”

听到这个女生的话，郭老师急忙向车棚跑去。因为，他们学校规定学生不准骑自行车，所以车棚里都是老师的车子。郭老师想：万一曹飞认错我的车子，其他老师可就遭殃了。

车棚在学校的角落里，如果不是上学放学停车，谁也不会到这里来。

车棚里传出叮叮当当的声音，郭老师走近一看，曹飞正拿着锤子捶打一辆自行车的脚踏板呢。

“曹飞，你住手，有气冲我来，为什么要跟车子过不去？再说，批评你的人只有我一个，跟别的老师没关系。”

听到郭老师的吼声，曹飞停下来，拾起书包就要跑，郭老师伸手去抓，曹飞像条泥鳅一样挣脱了。慌乱中，郭老师推出自己的车子要追，没想到链条居然可以顺利地套到轮盘上。她也没多想，飞身上车，追赶曹飞去了。

校门处，班长红着脸拦住她：“郭老师，别追了，您会难过的。”

窝棚里的感恩心

“别给我兜圈子。说吧，曹飞到底怎么了？你肯定知道他的事。”郭老师问。

班长擦一下眼角：“还是别说了。您就当曹飞是天上飞过的大雁，别想他了。或许过不了多久，您可能在大街上遇到他。”

郭老师拍拍班长的肩膀：“这么说，曹飞有难处？有难处就应该说出来，咱们帮帮他。既然你不愿意说出来，就带我去他家，我当面问问他，我从没见过曹飞的家长，正好见见。”

郭老师推着自行车和班长一起走出校门。班长带着郭老师往前走，走到中午和曹飞相遇的路口时，班长指一指路口南边一个死胡同，就转身跑走了。

郭老师心头一颤，缓缓走到胡同尽头的窝棚前，仔细听窝棚里的对话。

“是不是有不好修的？什么毛病跟我说说。”

“没有。”

“没有不好修的，你咋跑回来了？你中午把我接回来时，我们不是说好的吗，我在家等着，你碰到难题回来问我……我不是让你挨个检修吗？多修一会能累着吗？做人要念恩，你咋这样不懂事！想当初，咱爷俩到城里来修车，不是人家校长和老师们你能到学校念书吗？这份恩情咱不能忘啊，你这孩子居然偷懒，唉！”

“爸，不是您想的那样，是郭老师……”

听到这里，郭老师推开那扇所谓的门。

说了几句客套话后，曹飞的爸爸讲起了曹飞插班的事。

原来，曹飞的爸爸就是以前在学校旁边的槐阳路修自行车的师傅，是农村来的，去年暑假就把曹飞带到城里来了。他原想着让曹飞到城里的学校读书，可一打听才知道，在城里借读不容易啊……直到入冬，曹飞上学的事还没着落，还在帮他爸修车。那天，槐阳学校的校长前来修自行车，看到曹飞怪可怜的，就把曹飞安排到郭老师的班上。

曹飞上学的事解决了，爷俩很高兴，爸爸常常教育曹飞不要惹是生非。可是，最近政府大院即将迁到槐阳路，市政部门开始整顿路边的商贩，曹飞他爸只好把修车摊挪到榆阳路，这就给曹飞带来了麻烦事。

郭老师感叹几声，突然问道：“曹飞遇到什么麻烦事了吗？”

曹飞他爸摇摇头，说：“老师，您有所不知。我们修车的家当多，我这腿脚不利索，最近蹬三轮很吃力。都是曹飞帮我把家当从家里弄出来，再用脚蹬三轮车把我和我的家当运到摊上。以前，在槐阳路摆摊，离学校近，摆好摊后，曹飞能及时赶到学校，现在摆摊的榆阳路离学校远了，曹飞把我送到那里，再跑回学校，免不了要迟到……唉！我们本想在榆阳路找个住处，可是一直没找到。给学校添麻烦了！……今天中午，我听曹飞说他不想上学了，我就要求他给老师们修一下午车子，算是报恩吧！”

听到这些话，郭老师的心里泛起一阵阵感动。

郭老师的自行车后座上搭着曹飞，向着学校而去。

穿过光阴的河流，再次见到你

那年，我刚转到这所学校上中学，陌生的环境让我一时感到很不适应，特别是我那浓重的乡下口音。只要一张口，就让我自惭形秽，我怕同学们笑话。一种自卑心理无形中显现出来，让我产生了挫败感。

一次，英语老师让我站起来读课文。我刚开口，立刻引起班上同学的哄堂大笑。我一下子窘得无地自容，刚刚燃烧起来的一点自信心，顷刻间被击得粉碎。我再也读不下去了，我僵在那儿，感到时间都凝固了，不知如何应对这种局面。

突然，教室里响起一句悦耳的声音："李木子，你朗读得很清晰，我支持你！"这声音，在哄笑的课堂里，像吹来一缕和煦的春风，在教室里回荡。

我惊讶地寻声望去，只见是一个眉清目秀的女孩子端坐在座位上，脸庞白白净净的，一双清澈的眼睛，分外明亮。她正向我这边看着，还向我竖起了大拇指。这女孩儿叫什么名字我还不知道，更重要的是，在那个年代，男女同学是不讲话的。当时，在众目睽睽之下，她为我说话，是需要多么大的勇气啊！

女孩子的那句话，仿佛是一枚炸弹爆炸，班上顿时变得鸦雀无声，刚才还哄笑的那些男生女生一个个向那女同学望去，他们满脸都是惊讶的神色。面对投来的那么多疑惑的目光，那女孩一脸平静地望着老师，仿佛把问题抛给了老师，让老师来做个解答。

面对这突如其来的状况，正感到束手无策的老师，仿佛也有了一个力量支撑，她严肃地对全班同学说道："张影同学说得很对，刚才李木子同学朗读得很好，请李木子同学继续朗读下去。"

听了老师的话，我才知道，那个女孩子叫张影。这个名字，立刻深深地刻在我的脑海里，心里似乎有了一股力量在支撑着，刚刚熄灭下去的一丝火焰，又重新燃烧起来了。我清了清嗓子，又重新开始朗读。这次，班上再也没有同学哄笑了，相反，教室里出奇的安静，只有我那浓重的乡音，在教室里回荡。

那堂课上发生的事，可以说是个转折点。从此，再也没有同学嘲笑我那浓重的乡下口音了，我也敢和同学们大声说话了，脸上荡漾着挥之不去的自信。不过，在我心里始终想着张影，目光常常追寻着她的身影。上课时，看到她神情专注地听课、学习，我都觉得她很美，那种美，让我有一种怦然心动的感觉。

然而，自从那天她在课堂上大胆地帮我说话后，私下里并没有和我再说过一句话，有时我看到她从我身边走过，脸上露出一种浅浅的微笑。我一直想对她说句感谢的话，可是，我总是没有勇气。

日子就这样一天天地过去了，一直到高考结束，我也没能和她说上过一句话，但在心里，我们似乎都想说一句话，但因为矜持和内敛，我们谁也没有大胆地跨过一步。但冥冥之中，我似乎能够感到，我们都想说上几句话哪怕问候一声。

几年后，我终于打破沉默，开始向同学们打听张影的下落，可是几乎没有人知道她现在在哪儿。有一个同学告诉我她家的地址，我如获至宝，利用假期，专程前往那个地方，可是，眼前是一片拆迁工地，找不到一点影子。

转眼30多年过去了，无论生活发生何种改变，我一直记得那节课上的情景。我常常穿过岁月遇见你，我想真诚地对你说："张影，谢谢你！你的那句'李木子，你朗读得很清晰，我支持你'，可以说改变了我的一生。几十年以来，我经历了许多的人和事，但是，无论生活发生何种改变，当想起这句话时，就给了我无穷的力量和信心，还有什么比'我支持你！'更令人备受鼓舞呢！"

我想，穿过岁月遇见你，我们一定没有了矜持和羞涩，我们一定会像今天的中学生一样，那么开朗、那么热情，我们会击掌欢呼，我们会摆出大大的V形手势，我们会发手机短信，我们会刷微信、聊QQ……总之，当今中学生会的事，我们都会，这样我就不会有今天的遗憾和嗟叹了。

不过，那也是留给我们那个年代青涩年华的一段故事，那段故事，虽然波澜不惊，但在我们心里却留下了最唯美的回忆。

穿过岁月遇见你。那课堂、那哄笑声、那清亮的声音，又再次在耳边响起。仿佛如昨，历历在目……

她告诉了我一个秘密

他性格内向，十分自卑。因为，他左手长着骈枝，小手指上长了根手指，十分难看。一次一个小女生看见了，惊叫道："呀，你咋长了六根手指？"

他听了，捏着手，红着脸哭了。

那时，他才九岁，刚懂点事，就感觉到自己和别的孩子不同。可是，又不敢让医生做手术，因为怕痛。

于是，那根手指就留了下来，成了他的心结。经常的，他爱把左手插在口袋中，从不伸出来，生怕一不小心会露出自己的骈枝，惹来大家的嘲笑。渐渐地，他一个人待在教室的一角，不玩，不笑，甚至很少说话。

初中时，他遇见了她，一个非常清秀的女孩，白净的脸上旋动着两个酒窝。她做了他的同桌，经常"咯咯"地笑，把满天幸福四处张扬。

一次，老师让她上讲台演讲，她走上去，眉眼弯弯，一边演讲一边笑着，以至于大家都忍不住跟着笑了，嘻嘻哈哈的一大片。

最后，就连绷着脸的老师也忍不住笑了，“我们师生都在这儿傻乐着，别人看见了，还不知道究竟发生了什么事情呢。”

她的笑不为别的，是因为念错了一个字。

这也值得笑，真是的。他皱着眉想。

还有一次，她写字的时候，一不小心，手肘一晃，一下子撞着了他的手肘，他急得咂了一下嘴，表示不满。她侧过头来一看，他的一笔从作业本的上面斜斜地划到下边，仿佛蚯蚓一样，弯弯扭扭的，她又笑了，咯咯咯的，如喷泉一样，泛着阳光，四处泼洒，流光溢彩。

他望着她，噘着嘴不高兴地问：“笑什么，难道很搞笑吗？”

她指着那一笔，说道：“像一条蛇，你在绘画啊？”说着，又笑起来。

终于有一天，她看到了他的六指。当时，他悄悄伸出手，拿着个指甲剪，准备修指甲。她看见了，睁大了眼，接着笑了起来：“你真幸运！”她说。

他很生气，说这话明显是在讥笑他嘛。

可她仿佛一点儿也看不出他生气了似的道：“上帝太偏心了，给我们十根手指，却多给了你一根，你一定和他是亲戚，他走了后门儿，照顾你的。”

第一次，他听到了对六指的赞美，一颗敏感的心，隐隐有了一种平衡感，有了一点安慰，尽管他知道这是她的一句玩笑话，可能是一种安抚，可是，他的心里仍感到一丝舒畅，也笑了一下。

渐渐地，他也不讨厌她的笑了。

那天在体育课上，他们高高兴兴地跑到操场，跑啊叫啊，十分热闹。踢球的时候，她正好走过，一不小心，一脚踢在她的脚上。他忙向她道歉，问踢痛了没有，她又笑了，告诉他，只有他痛，自己绝对不会痛的。

“为什么？”他大惑不解地睁大眼睛问。

她悄悄告诉他，自己这只腿是安的假肢，不会感到痛。不过，她又轻声告诉他，这是个秘密，只有他一个人知道，不能告诉别人。他连连点着头，满是同情地望着她，还有她槐花一样洁净的微笑。

她仍是笑笑的，转过身走了。

他站在那儿，看着她的背影，看着她飘扬的头发，心里竟然翻腾起12级海啸，难以平静。

以后，他的笑声，也传遍校园，四处挥洒，四处张扬，他也成了一只快乐鸟。

他想，和她相比，自己要幸福多了，仅仅是多了一根手指，为什么不向她学，笑着面对生活，面对自己生活的不完满，面对自己的不同。

几年后，一次同学聚会时，她没有到。谈着往事，当他谈到她的腿时，她的一个闺蜜证明，她是一双好腿，根本没安装假肢，因为那天回到宿舍，她撸起裤腿时，上面青了一块，很痛很痛的，甚至流了泪。

事后，她反复叮嘱，这事千万不要告诉他。大家听了，都默默地点着头。于是，这也就成了整个宿舍女生共同保守的一个秘密。

那一刻，他热泪盈眶，他的眼前，又一次出现她的样子，还有她清亮的笑。

就算曾经闹翻，那也不要紧

大多数人感怀大学生活时，提及最多的可能是恋爱、青春、自由、考试……但最让人难以忘记的，并不是这些字眼，相反，那个曾经跟你闹翻过、打过架的室友，你恐怕一辈子都记得。

其实，我没有正面跟室友冲突过，但我们宿舍里的其他人是相互“撕过”的。

前些日子，大学班长号召组织毕业聚会，大家在群里聊天，我忽然发现，当年撕过的室友，竟然也能聊得起劲，简直如即将见面的多年老友般兴奋。

但撕过又怎样？也只有心思单纯、毫无城府的人，才能打架打得热烈，而后又冰释前嫌，比今天遇到的各怀心事却毫不流露的人们，可爱多了。

回想我们宿舍诸位姑娘到底是为什么开撕的，恐怕要仔细想一会儿。大一时，八个人还是其乐融融，一起吃饭，一起上课，一起自习……

蜜月期维持到和我最亲密的姑娘小菁的地下男友，忽然有一天跟宿舍另一个姑娘灵子大张旗鼓地公开了恋情。

起初两人只是不太说话，怒火各自在心里酝酿，直到某一天，灵子有意无意的一个挑衅，引爆了小菁的委屈。两人立时开战，大吵一架，宿舍其余六人忙着拉架，然后默默地各自站了队。

虽然此后，两人没有再爆发过激烈的正面冲突，但是这场宿舍战争拉开帷幕，一直延续了好几个月。此间，小菁尽量隐忍，时而也压抑不住原本火爆的性情，突然发作一下。而看似温柔的灵子，则用一些细微的鬼主意，搅和着小菁和向着她的三个姑娘，波及范围自然包括跟灵子睡对头的我。

对付经常赖床晚起的我，灵子想到的最简单的办法就是清晨6点不到就打开床头灯。她的床头灯，就装在靠近我枕头这面，一开灯，直接照到我脸上，分分钟把我“唤醒”，比闹铃还管用。起初几次，我忍着暴脾气，换到床另一头接着睡。后来我才知道，原来被“折磨”的不仅是我，还有小菁。没心没肺如我，换到另一边还能呼呼大睡，可睡觉轻的小菁，见到亮光就再也睡不着，每天翻来覆去在床上“烙饼儿”，直到两小时后起床上课。

那天，本就睡得晚的小菁忍无可忍，在灵子又一次准时于5点45分打开床头灯那一瞬间，大喝一声“你够了没有，忍你好久了”，宿舍其他姑娘齐刷刷吓醒，你一句我一句地各说各理，乱成一片。

自此，小菁和灵子有两年多的时间没说过一句话，八个姑娘也分裂成两个分队，各自行动。直到临近毕业，因为论文、实习需要，彼此交流的事务多起来，两个姑娘的情感生活也各自稳定，小菁和灵子才开始讲话。忽然有一天竟携手去上自习，引得走在她俩身后的我等六人感慨一路。

后来的故事就简单了。和好后，宿舍整体关系大幅提升，大四后几个月直到毕业，大家又回到三年多前那种融洽的时光里。大约是感觉筵席就要散，同住四年缘分不易，要珍惜相聚的时光。

毕业后，小菁和高中初恋去了南方安家落户，灵子和大学男友终成眷属，两人都有了好的生活归宿，而当初那段时光，也变成了两人聊天的笑料。虽然她们的关系并没多么亲密，但大约心里都各自唏嘘：一个能正面冲突、坦率撕过的人，也是值得珍惜的。

上天会补偿那些单恋的人

去北京出差，表妹请我吃法国餐。

我们已有三四年未见，这姑娘出落得超乎我的想象，衣着打扮、举手投足都透着优雅的贵气。此前我只知道她在北京做同声传译，收入相当可观。

我邀功："要不是姐当年逼你学英语，你能有今天啊？"

她笑："不能说没有你的功劳，但更大的功劳是另一个人的。"原来表妹上高中时，有个特棒的英语老师。这个棒，包含很多层面：有才华、有魅力、有爱心，当然，是个男的。

表妹说，当时迷他迷得不可救药，为了得到他的赏识，玩命学英语，深夜12点还在背单词，早上5点又起来练口语，上学放学的路上永远都听着英语听力练习。

这位老师也挺赏脸的，对她尤其好，经常把自己私藏的英文书给她看，表妹为了看懂那些书，把英语词典都翻烂了。这直接导致她的英语成绩一直保持年级第一，省里市里的英语竞赛，没一次不拿奖的。

有一次她在电视大赛上拿了冠军，老师发了条短信给她，说：“为你感到光荣。”表妹说，这六个字仿若神谕，让她以后每每遇到挫折都会想起，并靠着它勇敢闯关，比打鸡血还管用。

表妹说，直到今天，她依然保持着每取得什么好成绩就向老师汇报的习惯。他的鼓励和赞扬总能让她特有成就感。这几年里，她也谈恋爱，见家长，谈婚论嫁，但那位老师始终沉淀在她心里，像一个不可动摇的偶像，给她向上的动力。

这大概是感情最正面的力量。它超越了像雾像雨又像风的美感，也不是干柴烈火电光石火般剧烈燃烧，它是一种能量的激发，是一个奇异的武器，能让一个普通的姑娘有如神助所向披靡，在前进的路上不疲倦、不退缩、不畏惧。

柏拉图说，每个人本来都是男女合体的完整的人，到了这世界后分裂为二，所以人们总要找回自己的“另一半”。但不知是不是造化弄人，通常我们找啊找，满世界也寻不到那个要找的人。有些人好不容易找到了，却发现这种吻合是单向的：他是你的另一半，你却不是他的另一半。

对着那个让你欲爱不能又欲罢不能的人，体味深爱而不得的苦。这份苦是一把能量巨大的双刃剑，它可以让你颓废，让你悲观，让你沉入黑暗的旋涡，也可以让你勇敢，让你昂扬，让你迸发出惊人的力量。

是他的存在，让你渴望发出更璀璨的光，在一番心甘情愿的打磨之后，你成就了更优秀的自己。

这是上天透过那个人和那份看似毫无意义的爱情给你的最好礼物。

我庆幸，你在我 15 岁时出现

一朵朵柳絮飘飞在草坪的上空，校园里氤氲着淡淡的芳香，一群群男孩子你追我赶地在操场上奔跑，女孩子们围成不同的圈，有的踢毽子，有的丢手绢。风很轻，只是缭乱了你的刘海；风很静，似乎只有眼前的安详，全然看不出心中的澎湃。

15岁大概真是个情窦初开的年龄，不知道为什么总去注意那些擦肩而过的女孩，脑子里蹦跳出稀奇古怪的念头。母亲总说我还小，别想那些不该想的事。

那天，窗外下着蒙蒙的细雨，风拂过脸庞有种柔柔滑滑的滋味。走在通向教室的走廊上，忽然被“不该想的事”衍生出的藤蔓盘绕纠缠，我竟稀里糊涂地撞上了你。你长得很清秀，让我忍不住多看了一眼。

“对不起，对不起……”你的脸涨得通红，我也分明感觉到自己的脸颊着了火。你竟先向我道歉，我认为这应该都是我心思神游的错，我也接连说了好几声“对不起”，你竟朝我腼腆地笑了，风撩动了你的刘海，我不由自主地又看了一眼。

我们没有再说一句话，你也默默地注视着我，看得我有些不好意思地转过了头。我两手托着烧得滚烫的脸颊小跑了几步，却情不自禁地回过头来，追寻你越走越远的清秀背影。

回家的路上思绪有点乱，不知道自己在想些什么。走上公交车，特意选了靠窗的位子。站牌渐渐远去而模糊，正如那个越走越远的清秀背影。

起身下车。一阵微风徐徐拂过发烫的脸庞，走在回家的小道上，哼着不成调的曲子，披挂着夕阳。路边的野草，齐腰高，用手慢慢地轻抚。风静悄悄地吹过，吹动被汗水浸湿的发丝，迷乱双眼。

松开手，野草伴随着柳絮，盘旋着飘上天去。捋去迷眼的发丝，抬起头，瞥一眼夕阳，很刺眼。总是感觉脑子里一片空白，又徐徐地展现出那幕尴尬的画面。

我们大多喜欢听一些伤感的歌，虽然听不懂歌声里的故事，但总有一种难言的情绪涌上心头。“我的心事蒸发成云，再下场雨却舍不得淋湿你。感谢我不可以住进你的眼睛，所以才能拥抱你的背影。”不知道这时我为什么刹那间读懂了这两句歌词的含义。《背影》，在小小的世界里，伸手便可触及的音符，熟悉的旋律，情绪总是会莫名地拉扯，心底分明是害怕的声音。猛然发现，那首歌已是一把锁，锁住一段情、一段时光、一颗温暖的心。

后来我也在走廊上几次遇见你，看清了你的美如水中月，丝毫不留痕迹。你朝我微微一笑，可我总是假装没看见。但我看清了你脸上的每一个细微的变化，即使是该死的蚊子叮的一个小小的包；我能读出你脸上的表情，即便你已将内心的感受埋藏在最深的谷底；我还能感受到你平稳的呼吸，所以不需要抬头就能知道你的存在。

不知在校园的其他角落偶遇了多少次，总萌生出淡淡的喜悦和不露痕迹的满足。我没有刻意来到那些地方，或许你也没有，始终没有明白老天为什么给予我们这么多次邂逅的机会，可我始终不敢开口。我怕，我才15岁。

后来，我便想躲着你，只要远远看见你走来，我便选择另一条小道。看着那第一次邂逅的走廊，习惯了静静地观望，望穿秋水般地观望。那搁浅的心事飘摇，在时光里变得瘦削单薄。

风静悄悄的，飘飞起一朵朵柳絮。

我开始后悔在这不合时宜的15岁遇见了你。假如没有遇见你，我也许像从前那样注意擦肩而过的女孩，萌生稀奇古怪的念头，而终归会忘记她们的模样。但是，若从没有这样的一次遇见，15岁的我怎么会知道，有种情愫，痛着流泪，笑着想念，却依然令人如痴如醉。

一首歌，也许是一段不愿提及的记忆。

一段路，也许是一种不愿抹去的情愫。

一个季节，也许是一个不愿言说的故事。

我庆幸你的出现让15岁的我明白了情窦初开的含义。当听说你踏着风儿离开时，只觉得周边空气骤然稀薄，那些悲伤的因子充斥在我的鼻间，一种酸酸涩涩的情感在心底滋生，我竟慌乱得不知如何将它们赶走。

或许，每个15岁的人的心里都潜藏着一首歌，在独自一人时静静反复吟唱。就算只是为了怀念那次尴尬的偶遇，那个遗忘不了的背影和静得无人注意的微风。

我是一只蜗牛，我想停留一会儿

你不过是一只蜗牛，你当然有权利缩回去一会儿，也有权利停留一会儿。

1

我小学班里的一个男生，成绩不好不坏，上课喜欢使劲搓橡皮，把搓下来的橡皮条分给我们，说是小浣熊软软面。夏天把喝完的可乐瓶放在窗台上，甜腻的味道吸引了一帮苍蝇，他趁苍蝇飞进瓶子的时候，利落地拧上盖子，去吓前排女生。

他不来吓我，我当时头发比他还短，还是班干部，属于他“得罪不起”的阶级。

忘了是春季还是秋天的一个下午，班主任格外和蔼地把他领上讲台，他的爸爸因为工伤去世了，班主任摸摸他的头说，你要争气，有什么困难，我们会帮助你的。

我看着站在讲台上的他，脑子里快闪过一堆小说里的情节——一只失去了父亲的雏鹰，携带着伤痛和梦想，奋力拼搏，然后翱翔在广袤的天空。

但什么也没有。他没有沦落，却也没有奋起，除了傍晚整理书包的时候沉默些，他跟从前也没什么区别，还是分发软软面，还是收集苍蝇瓶子。老师的批评声里，除了恨铁不成钢，更多了一层指责——你已经没有爸爸了，你的妈妈为你付出了这么多，你怎么还是不用功，你不用功行吗！

当时特别主旋律的我，冷冷地看着他搓橡皮，脑海里回荡着老师们的那些话。他兴高采烈地把橡皮条递给我的时候，我转过身去，没有接。

2

我初中的时候，和同班一个女生特别不和。但她明显比我讨喜多了，因为跟我比起来，她实在是太稳重了。

我那时候就是个话痨，无论什么课，只要有人愿意搭理我，就可以滔滔不绝。好巧不巧，她坐在我后面，两厢对照，她四平八稳得可以列入人大常委会委员候选人名单。

有次上课讲前一晚做的习题，她告诉老师，自己忘了带，老师忙着赶进度，挥挥手说那跟同桌拼一下吧。下课时我瞥了一眼，那本习题册就压在最下方，显然是没有做。

我带着兴奋跟旁边的同学交流这个发现，对方的反应让我难过万分：她怎么会没做呢，她肯定是带过来了可是没找到。

你们知道群众基础是什么东西吗，知道口碑是什么东西吗，我13岁的时候，就已经切肤体会到了。

那天我痛定思痛，决定改变话痨的毛病，做一个靠谱的女同学。一天、两天、三天，三天后，我还是光荣地出现在不守纪律的榜单上。

回家的路上，我认认真真地做自我检讨，口碑来自长期的优秀表现，而我的决心，比鸡蛋的保鲜期还短。

如果要那时候的我给自己做一个鉴定，上面必然有八个字——缺乏毅力，意志不强。

没错，当时的我，将它通通归咎于毅力。

3

中学时代写作文，要形容一件事情对自己的影响之深，总爱用“我突然觉得自己长大了”的句式。可是时至今日，我实在想不起来哪一件事，让我觉得自己长大了。

人生不是电影，可以用短短的一行“十年后”就跳过，它也不是好莱坞大片，一旦英雄觉醒，就可以开疆拓土，拯救世界。

它更像是一场长途跋涉，壮志雄心或许曾经促使你启程，却无法帮助你对抗旅途中的沉闷和单调。所以我们常常倒退，常常按下暂停键，我们在减肥的夜里吃膨化食品，在删了号码后再发短信，为说走就走的旅行整理过行李，却最终还是生活在了此处。

可是那不丢脸，我们不能大刀阔斧地改变些什么，我们只是在命运的核桃上细细雕刻，每一刀都需要勇气，所以你要是受不了那疼，说等等我再缓一缓，那也没什么。

4

没错的，那是个很有名的寓言故事。传说能爬上金字塔顶端的只有两种动物，一是飞鹰，二是蜗牛。

飞鹰掠过金字塔顶端只需短短几秒的勇气，而蜗牛，需要耗尽一生的光阴。它走走停停，每天都努力地给自己制造惊喜，在贫瘠的生命里开出瘦瘦的花，然后没出息地惊叫起来。它和闹脾气的左脚和解，在不想出发的清晨劝说自己上路，它活得不像一支冲锋枪，不够坚决也不够好莱坞，可是它需要的勇气，一点也不比飞鹰少。

或许到了最后一刻，蜗牛都没有触摸到金字塔的顶端，或许它行到了半路，却又折返，或许它不够格写进童话，被孩子们敬佩。

可是啊，它记得它跟自己对话的那些晚上，也记得看到小花的惊喜感，还记得如何小心翼翼地绕开一颗小石头，它跟从前的蜗牛，已经不一样了。

5

我不知道那个男生后来怎么样，也许他真的鹰击长空，也许就像你我一样，被一篇鸡汤文激起点什么，过了几天又平复。去过一些地方，见过壮美景象，却还是回到原地，在鸡毛蒜皮的小事中计较出成长的模样。

我也不想责怪当年那个主旋律的女同学，为什么不接过那几根软软面。那时候的她只相信童话的第一个版本，觉得人生就该唱着“轰轰烈烈把握青春年华”一路高歌猛进，她没有观察过蜗牛爬行的姿态，也没有跟自己谈判的经验，那些要等到后来，她才会明白。

——你不需要华丽跌倒微笑爬起含泪说不痛，你大可以坐在地上号啕一会儿。

——你不需要说走就走头发甩甩潇洒说拜拜，你大可以在门口徘徊一会儿等着谁拉住你的手。

——你不需要活成一部电视剧，让旁人眼含热泪点头赞好，从你的逆境中获得满足感，从你的拼搏中提取正能量。

你不过是一只蜗牛，你当然有权利缩回去一会儿，也有权利停留一会儿。

你快乐就好。

心里装的全是朋友，却没有自己

1

在大家眼中，我的同桌苏瑞是一个很不合群的人。

苏瑞整天我行我素，形单影只。他的脸上总挂着一副淡淡的表情，就算考试全年级第一名，或是参加什么比赛获得不错的名次，别人为他欢喜尖叫，他却依旧不喜不惊。课间休息，我们喜欢几个人聚在一起聊天，而他却坐在一边，充耳不闻。

我的性格和苏瑞完全相反，爱凑热闹，喜欢呼朋唤友，每天总是与一群人来来去去。我害怕孤单，害怕一个人发愣，会把心事告诉身边的好朋友。由于性格完全不同，我和苏瑞虽然同桌两年时间，但关系一直浅浅的。我从来不觉得我们会成为朋友。我想，苏瑞也从来没有把班上的同学当作朋友吧，彼此维持的只是普通的同学关系。

每次见到苏瑞孤单地对着窗外凝神发愣时，我都觉得他挺悲哀的，大好时光，他总是一个人度过，没有人可以分享快乐，也没有可以倾诉的对象。

其实大家都挺喜欢苏瑞，他很帅，成绩优秀，主动与他交谈的人很多，但他像是一块拒绝融化的冰，喜欢沉溺在自己的世界中。当然，苏瑞不是孤傲，面对别人热情的问候，他会点头回应；别人向他请教作业，他也会耐心讲解；有同学遇到什么困难，他也会帮忙，但他从来没有跟哪个人关系特别好，也没有人知道他整天在想什么。

我曾经问过苏瑞这个问题，他说："我的心事为什么要告诉你呢？"这么一句话，却把我堵得哑口无言。我想，在他眼中，好朋友之间互相倾诉心事应该是一件特别幼稚的事情吧。

道不同，不相为谋。我和苏瑞只能是最陌生的同桌。

2

刚成为同桌时，我其实挺欣赏苏瑞，觉得他成绩好，性格也不张扬，是个内敛而且有才华的同学。他最初拒绝当班长的举动，在班上还曾引起一阵轰动。十几岁的年纪，谁都希望得到别人的重视，特别是得到老师的认可，无疑是一种荣耀。可是苏瑞无视老师对他的欣赏，直接拒绝担任班长。

同学在背后议论，说苏瑞特立独行，也有人说他是耍酷。苏瑞面对别人的非议，显得若无其事，但他的这个态度却惹恼后来的班长黄艳。黄艳是个好强的女生 ，她一直觉得，她担任这个班长，完全是苏瑞让的。虽然她一直是个尽职尽责的好班长，深得大家的喜欢，但一谈到苏瑞，心里就窝着一口气。她在学习上与苏瑞一争高低，只要是苏瑞的强项，她都要求自己努力做到最好。我明白她的心思，她只是想向大家证明她的实力。

我和黄艳关系不错，她也特别在乎身边的朋友。“朋友”在我们心中，都占有很重要的位置，并且随时愿意为朋友“两肋插刀”。为了朋友，我在考试时曾把答案偷偷传给别人，虽然我最反感考试作弊，但为了朋友能够提高分数，得到他父亲的奖励，我还是做了；为了维护朋友的利益，我曾颠倒是非，把责任全推到与朋友发生矛盾的其他同学身上，让对方背上黑锅……为了朋友，我会降低自己的道德底线和原则。

苏瑞说，我心里装的全是朋友，却没有自己，还说我对待朋友的方式完全错误。我说他不懂朋友是什么，他根本就不曾有过朋友，又怎么能够理解好朋友之间那种为了对方宁愿自己承担一切的心思呢?

3

自习课上，为了维持班级纪律，黄艳委曲求全，总说些言不由衷的话。有时，为了不得罪朋友，她只好赔着笑脸，尽拣好听的话来说；为了博取大家的好感，她把自己变得完全不像自己。我觉得黄艳一天比一天虚伪了。可是我自己，不也如此吗？

一天，为了班上的一些事，我和好朋友产生分歧，发生了争辩。我想维持原则，但是连黄艳也不支持我的意见，一边倒的局面让我颇为尴尬。我坚持我的原则，却得罪大群朋友，他们像商量好的一样集体排斥我。

原本每天总是一大帮子人一起来来去去，现在只剩下我孤单一人。我很难过，心里郁闷得不知所措，但我又觉得自己没做错什么。苏瑞并不清楚发生了什么事，他对我再不像过去那样，每天下课后呼朋唤友聚在一起聊天而感到奇怪，便问我什么缘故。

我白他一眼，没好气地说："管得着吗？我心情不好。"

没想到，苏瑞居然不介意我的不友善，微笑着说："怎么啦？说说看。"

一肚子的苦水正需要一个出口，我絮絮叨叨向他倾诉起来。苏瑞听得很认真，时而点点头，时而皱眉凝神，最后他说："事情总能解释清楚，为什么要闷在心里独自苦恼呢？"

"我想好了，就像你一样，即使身边没有朋友也可以过得很好。"我愤愤地说，我对朋友之间脆弱的友情感到失望，更对他们的集体排斥感到痛心。

"我怎么没有朋友，你们不都是我的朋友吗？"苏瑞说。

"我们算是你的朋友吗？"我说。

“可能是我们对朋友的定义不同，还有就是对待朋友的方式不一样吧。”苏瑞说。

4

苏瑞算是我们的朋友吗？

他总是一个人独处，少跟人说话，更不用说亲密无间地相处了，可是另一方面，苏瑞又愿意帮助别人，总会在别人需要帮忙时主动出手。

我记得有一次，学校举办黑板报评比。我们班的黑板报一直由黄艳负责，她的粉笔字不错，但她不擅长画画。那期黑板报按内容需要画一幅雷锋的头像，黄艳不会画，我和其他几个一起出黑板报的同学也画不好。苏瑞当时在教室看书，听到我们的话，主动说他来试试。还别说，苏瑞出手就是不一样，他在很短的时间内就画出一幅栩栩如生的雷锋头像。正当大家对他赞叹不已时，他却如局外人一样走开了。那期黑板报评比，我们班得到第一名，这和苏瑞画的画有着直接关系，大家叫好声一片，但苏瑞又恢复了以前的样子。

“那你说说，你是如何定义朋友的？”我缓过神来，继续追问苏瑞。

“我喜欢‘君子之交淡如水’，相信患难见真情，信奉雪中送炭。”苏瑞说。

他的话让我吓了一跳，这么深奥呀！不过仔细想一想，他确实一直都是这样做的。

苏瑞喜欢自省，喜欢独自冥想，喜欢清静的生活。或许是性格不同，他不喜欢向人倾诉，但这是不好的行为吗？有苏瑞这样的朋友，不好吗？

我第一次认真琢磨“朋友”这个词。

那天晚上回家，临睡前，我把苏瑞最后对我说的话写在日记本上：朋友很重要，但朋友代替不了自己。与人为善，这是做人的底线。我需要朋友，但我更需要一个真实的自己。

再多的对不起，也弥补不了他的创伤

1

初中的时候，班里有一个男孩，是汉族，却长着深眼窝高鼻梁。每当他看着别人说话时，睫毛就像蝴蝶的翅膀一样忽闪着，说话时嗓音温润纯净。因此，没人说他长得帅，都说他长得美，后来索性叫他“娘”。外号这种东西，本身的逻辑性就不强，不管是出于从众心理还是出于嫉妒心理，一旦被众人确定下来，你就是舌灿莲花也别想摘掉。

当这个男生被贴上标签以后，不管他做什么都会成为大家的笑料。打篮球球不进，大家会嘲讽他“娘”，球入篮则被调侃“巾帼不让须眉”。他不笑的时候，总被人称作“冰美人”，笑了就被说阴柔，弄得他都不知道该怎么笑。时间久了，假的也好似真的一般，老师叫他回答问题，他一站起来全班就笑翻一片，仿佛他的举手投足之间真的有什么和我们不一样的地方。

我不太注意他，又或者说他并不是一个引人注意的人，很多时候他都是坐在最后一排的位置上睡觉，从上学睡到放学。我也好奇，课间的喧闹能把房顶掀翻，他真的睡得着吗？

不久，传来一个“噩耗”，老师要让他和我同桌！

听到大名鼎鼎的“娘们”要来了，我身边的几个同学都笑着闹着。年少时的我根本不知道女子的矜持为何物，那些年坐在我身边的男孩们无不惧怕我的毒舌和“利爪”，他也不例外，惨叫和欢笑充斥着一个个课间。

2

如今，我对他的记忆少之又少，已经忘记他和哪个男生打过架，忘记他为什么眼睛红红地从老师的办公室走出来。

他不常说话，可一旦开口必然堵得你哑口无言；我和他打闹，有时也不知轻重，但是不管怎么和他开玩笑，他从来没有发过火，这一点倒是让我记得很清楚——渐渐地，在和我“暴力”而又不失友好的相处中，他对我的称呼从“学霸”变成“同桌”，可是他的外号从来没变过，甚至还被我加上一个字，成了“娘娘”。

肤白胜雪，眉清目秀，朱唇皓齿，不就是皇宫里养尊处优的贵妃娘娘吗？

坐到前排以后，他偶尔会听听课。我发现他的脑子很好使，就拿数学来说吧，只要他听课，大家能听懂的地方他可以听懂，大家都听不懂的地方他还是可以听懂。不过，他只是混混日子而已，听课也只是听着玩，并没有一丝好好学习的念头。我看不起这样的人，浪费时间，没有目标，用老师的话说就是“当一天和尚撞一天钟”。很快，老师又把他调回倒数第一排。

收拾书包的时候，他没有什么不悦的神情，一副听天由命的样子。他走向后排的背影有些落寞，那么聪明的脑袋又只能用来睡觉了。我想，不是老师放弃他，而是他自己从来没有在意过。

窗外的花开过一季又一季，转眼到了初三，班里一些对上高中不抱希望的学生都回家了，其中也包括他。那些在课间高声喧哗打闹的学生不在了，教室里静得可怕。每天沉溺在题海里的我们，连上课和下课都分辨不清。操场上，体育老师手持教鞭逼着我们跑步，刺眼的阳光下我们将汗水挥洒在风中。

同学们都学得头脑发胀，课间，有个同学说周末遇见他，个子长高了不少。那个同学连用四个“特别帅”来形容他，惹得班里的女生心痒痒的。

3

中考将至，我们要拍毕业照。班主任在一个燥热的午后，对昏昏沉沉的我们回忆三年来的时光，讲到动情处声音哽咽。一个胖胖的女孩子泪眼迷蒙地说：“老师，让那些不参加中考的同学也回来拍毕业照吧，在我们心里他们都是这个班的人。”她是初二才转来的，她说过，那个被我们称为“娘娘”的男孩子，是她来到这个班后第一个对她笑的人，所以她一直都记着。

拍毕业照这天，班里很热闹。离开学校一年的同学们回来了，门卫阿姨睁一只眼闭一只眼，允许这些衣着花花绿绿的少年进校。他们有的染着一头金发，笑容灿烂；有的披着校服，刘海盖住一只眼；有的穿着黑丝袜高跟鞋，依偎在老师身边，拥抱昔日的好姐妹……他也来了，伴随着女孩子们起哄的尖叫，迈着修长的腿不紧不慢地走过来和老师打招呼，对簇拥着的同学们报以疏离的浅笑。

不过是长高了一些，就开始用下巴看人了？我看不惯他的那副冷漠姿态，在社会上混了一年沾了一身莫名其妙的优越感吗？我颇为无礼地故意忽视他，就连毕业照上的他我也不屑于瞅一眼。

如我所愿，后来我再也没有遇见他。

一日上网，我无意间点击进入一个朋友、也是他的小学同学的QQ空间留言板，竟然看到他的许多留言，其中充斥着对学校的厌恶和对同学嘲笑的哀伤，无助与孤独长久侵蚀着少年的心，布满阴霾的天空令他迷茫，令他窒息……

屏幕闪着幽幽的光，我睁大眼睛，我从来没有想过我们脱口而出的话会给他带来那么深重的伤害，从来没有想到本没有恶意的调侃，汇聚起来却会成为最锋利的刀子。回忆起在喧闹课间躲在最后一排静静假寐的忧郁少年，我满含歉意的泪水，在眼眶里打转。

再多的“对不起”也无法弥补受伤的心灵，再深的歉意也无法驱散回忆中的阴云。唯有真诚地祈愿，他能放下过去的忧伤，迎接崭新的未来。

在青春，嫉妒是一剂毒药

1

林冬儿转学来之前，我是学校里最拉风的女生。

我虽然长相一般，但个头高挑，而且知道扬长避短，会用服装和一些小饰品来给自己增色。就算穿校服的时候，我也会在衬衣上做足功夫，把自己青春的华美尽可能地铺陈开来。我很享受别人注视的目光，很享受那些羡慕、嫉妒的眼神，我从不在乎流言蜚语，每天把自己打扮得光鲜亮丽成为众人仰视的焦点。

在这所县城的中学里，我这个从市里来的女生如鱼得水，过得快乐无忧。我的身边总是跟着一大群的同学，他们众星捧月般围绕着我，时常让我觉得自己像个至高无上的女王。他们宠着我，让着我，帮着我，为我的每一个出格言行鼓掌喝彩。

这样风光的日子一直持续到林冬儿出现。

2

林冬儿是从省城来的。她的情况和我一样，因为父母的工作调动才转学过来。

林冬儿来的第一天，就在学校里掀起了一场风暴。她的美把班上的同学惊呆了，长发飘飘、裙裾飞扬的她仿佛落入凡间的仙子。班上的同学睁大眼，一脸惊艳。一个男生说，林冬儿比山楂树下的周冬雨还要美和纯，她的眼睛比天上的星星还亮。

我很不屑那些目瞪口呆的同学，觉得小县城的人就是没见过世面，不就一美少女，有什么了不起？也敢和周冬雨相提并论？真是笑掉了大牙。不过平心而论，林冬儿确实长得好看，她不仅高挑，而且皮肤白，五官秀美，那袭长至脚踝的棉布白裙更是为她加分不少。

只是我不喜欢她。从她进教室的那一刻开始，我就知道她注定要抢走属于我的风头。林冬儿脸上挂着浅浅的笑，初来乍到，却没有一点紧张。

课间休息时，许多女生主动围过去找她说话。看着大家热情洋溢，我心里很不是滋味。当同桌对我说放学后一起邀林冬儿回家时，我冷冷地拒绝了。我不想主动去迎合林冬儿，凭什么她一来，我就要陪她回家呀？

我也很恼怒这帮见异思迁的同学，她长得漂亮，大家就一股脑儿全围过去了，根本不在乎我会不会生气。其他班的同学闻风而动，听说我们班来了个大美女，一个个在课间时都跑过来瞧个究竟。林冬儿的美没有让大家失望，几天工夫，从省城来的林冬儿就被众人推选为全校最漂亮的女生。

我听说这事后，表面风平浪静，其实内心里波涛汹涌。我再怎么折腾，也没人说过我是最漂亮的女生，尽管我每天都打扮得花枝招展。

走在校园里，总能听到一些同学在议论林冬儿，说省城来的女生就是不一样，气质高雅，天仙似的。我还听到有同学说，以前觉得肖艳挺美的，但一和林冬儿比，差别就出来了。最让我气愤的是，那人居然还说，把我往林冬儿面前一放就显得俗不可耐了。

嫉妒蔓草般在我心里暗自滋长。我每天看着盈盈浅笑的林冬儿就觉得难受，她面对大家的热情不喜不惊，好像这是理所当然的事。而我付出了多少努力，才让自己成为班上曾经最受欢迎的人。我喜欢自己成为众人瞩目的焦点，但林冬儿来后，这一切都变了。

3

仿佛一夜间，我就变成了孤家寡人。心情烦闷，我在言语上更加尖酸刻薄，时常因为一丁点的小事就和同学吵架，弄得自己像只人人难以接近的刺猬一般。

我把这一切转变都归结到林冬儿身上，视她为眼中钉。如果林冬儿仅仅漂亮，我也根本不会把她放在眼里，但她的成绩居然比我还好，这让我颜面何存？我最看不起那种花瓶似的白痴。在我心里，一个女生不仅要漂亮，还要成绩好。品学兼优是我追求的目标，只是在双眼被嫉妒蒙蔽时，我已经忘记了最重要的“品”字。

以前，我再怎么爱出风头，也是把学习放在第一位的。当林冬儿来后，自知相貌上不如她，我就挖空心思打扮自己。我穿奇装异服，我把自己柔顺的短发烫成了爆炸头，我装作盛气凌人，目空一切，觉得这样才有“范”儿。

我的心思没有放在学习上，成绩一次考得比一次差。刚开始，林冬儿超过我时，我只认为那是“偶然”，但接连几次，她都独占鳌头时，我才惊觉自己与她的差距。我的作文，在她来之前，每次都是老师在班上朗读的范文，可是她一来，这一荣耀也属于她了。

嫉妒像一枚刺一样埋在我心里，折磨得我夜不能寐。我脸上的笑容消失了，对自己也愈加没有信心。林冬儿轻易就取得了我曾经花了很多努力才得到的荣耀，她不施粉黛，素面朝天，大家说她天生丽质，而把我挖空心思的装扮说成“庸俗”。

我的心里充满了沮丧，我不知道自己要如何做才好。最让我难受的是，这一切都是我单方面的敌对，林冬儿从来没把我放在心上，更不曾与我有过任何比较。这种暗自较劲，却被无视的痛苦让我心里如虫噬一般。如果她能接招，或许还能激起我的斗志，可是她并不知晓我在与她较劲。

林冬儿不知晓，但班上的同学都看出来了。他们窃笑不已，让我感觉如芒在背。

4

学校知识竞赛前，老班指定我和林冬儿组成一队，我拒绝了。老班很疑惑，林冬儿也很疑惑。

老班询问我原因，我只回了一句，我不想当别人的绿叶。老班看着我，说："怎么就会是绿叶呢？你们各有优势。"

我不敢告诉老班原因，怕他觉得我嫉妒心太强。但身边的同学都看出来了，我嫉妒林冬儿。

她的一切都让我嫉妒。

我觉得自己确实像只刺猬，一根根锋芒的刺，伤了别人更伤了自己。自信满满的我变得易怒暴躁，再也不是那个最拉风的女生。

我没想到林冬儿会来找我。面对她的盈盈浅笑，我低下头没有勇气对视她真诚的目光。她说："肖艳，为什么拒绝和我组队？我们之间不能成为朋友吗？"

我的头垂得更低了，无颜相对。

"肖艳，如果我有什么对不住你的地方，原谅我，好吗？我想和你成为朋友。"林冬儿接着说，她的手轻轻搂住我的肩膀，让我感受到了从她指间传递过来的脉脉温暖和真诚。

"对……对不起！我……我一直嫉妒你，你没有错，是我的心太狭隘了。”面对林冬儿的友善，我红着脸支吾。我早就后悔了，我不该作茧自缚，一开始就把自己推到和林冬儿对立的一面，让自己举步维艰，陷入孤单，再也找不到快乐。如果从一开始，我就能够以一种宽容大度的姿态，欣赏林冬儿，并且真诚地和她建立起友谊，那该是多美好的事。

林冬儿听后，嫣然一笑说：“这样呀，其实你不知道，我也很嫉妒你的，你知道你的身材有多棒吗？做好朋友吧，我们以后都不嫉妒对方了，我们互补，才是最完美的组合……”

林冬儿的话听得我心里暖暖的，望着她灿烂的笑颜，我难为情地低下头，紧紧抱住她。

我终于明白了，青春是一段危险旅程，而嫉妒是毒药，唯有真诚地欣赏比自己强的对手，取长补短，才能让自己变得更优秀。

Part 5

这一生，
父亲都在为我导航

这一生，
父亲一直用他的爱为我导航，
从小到大，
他一直在默默地为我编织着
一张爱的地图。

这一生，父亲都在为我导航

我们这座城市的路况很复杂，连一些本地人都搞不清楚。但是父亲却有一个绝活，他是专职司机，人称“活地图”。

单位的人都夸父亲司机当得有水平。用他自己的话说就是，干一行就要干好一行。他是出了名的勤快、干净。上班的时候，父亲总要穿上衬衣，打上领带，戴上白手套，这样一打扮，本就身材高大的父亲更有派头。母亲经常笑他：“小司机怎么打扮得跟领导似的。”父亲会很正经地说：“这是对别人的尊重。”

为父亲赢得更大尊重的，还是他对整个城市道路的熟悉。即使是到城市的任何一个角落，他都会用最经济的路线最快到达。为此他成了单位里名副其实的出行顾问。其实我心里清楚，并不是父亲的记忆力有多么好，而是他付出了比别人更多的辛苦。

父亲是活地图，而我却是一个不折不扣的路盲。小时候，爸爸牵着我走路，我不用担心迷路；大了之后，坐着父亲的车，上哪儿都不用愁。或许因为有了父亲的依靠，我对路一点都不敏感。

工作后，为了上下班的方便，父亲执意给我买了车。有时候，我要去一个地方，父亲会不厌其烦地给我讲怎么走，几个路口，多少个红绿灯，哪条是单行线，到哪里拐弯掉头，到了之后车停在哪里，回来的时候如何避免高峰路段等等。常常是父亲如数家珍，而我却一头雾水。父亲没办法，只好给我画地图。行车的方向，每个路口，都勾画得清清楚楚，特别的道路岔口还用彩笔描画，加上几句说明。借助父亲的地图，我渐渐地熟悉了城市的道路，开车的时候自信多了。

一年下来，父亲为我手绘的地图也有了厚厚的一叠。每一张我都好好地保存着。每天心静下来的时候，我经常拿着，一张张地翻看，似乎是在欣赏一幅幅精美的画作。虽然是用铅笔描画，但是我却能看到斑斓的色彩；虽然是简笔勾勒，我却看到父爱的曲线。

后来，虽然车上安装了导航，我仍最爱这些地图，每次出门，我都把它们带在身上，有它们在，开车的时候，我感到安心。这一张张地图好像爱的导航，伴着我一路前行。

父亲老了，花白的头发愈加稀疏了。更令人心疼的是，父亲患了老年痴呆症。我拿出那厚厚的一叠地图，试图唤醒他的记忆。只看见他指着地图上的一个点，含糊地说："回家。"我看清了，他指着的那个点，是家。爱的地图上，始发点，是家；终点，也是家。我的泪，终于忍不住，滴落到地图上那个叫"家"的点上。

这一生，父亲一直用他沉默如山的爱来为我导航，从小到大，他一直在默默地为我编织着一张爱的地图。

爱，注定要承受这场分离

不知道谁说的：这个世界，我们是借父母而来，而不是因父母而来。多么好的话，它诠释了生命是自由，是独立，爱与生命一样，是一场渐行渐远的分离。

而生命中有许多人，固执地认为爱该是轰轰烈烈的、海枯石烂的永恒，他们极度地渴求爱、抓住爱，误以为爱是占有，爱是自私，爱是非你不可的偏见。

当我上小学时，渐渐地开始学习独立。母亲喜欢抱着我坐她膝上，而我常常挣扎着逃开。母亲有些生气地说："儿子长大了，就不要妈妈了。"我噘着嘴，觉得自己成大人了。

母亲后来有了"对付"我的办法，她说我是从乞丐手中捡来的。她说这话时一板一眼，我一下愣住了，她见我害怕，又咧着嘴笑，好似一个轻松的玩笑。

那时的我的确很害怕，说不清是恐惧，还是悲伤，只是一下觉得我的世界好像裂变出另一个空间，这个空间一无所有。我一遍一遍地求证母亲是否在开玩笑，可是，她依旧骄傲着，以胜利者的姿态，笑着补充各种细节。

我开始想：我是捡来的。我甚至开始想象，我的乞丐父母在哪儿？我要如何找到他们。另一方面，我十分难过，我觉得一只看不见的手一下掐紧了我和父母的关系，那关系是一根线，系在空气中，我必须小心翼翼地拉拢我们的距离。

这件事后来不了了之，其实是母亲的一个玩笑。多年后，当我回忆起这个玩笑，依旧有些愤怒，母亲不会想到那几个日日夜夜，我是怎样在极度不安与难过中挨过。我知道母亲为何如此，她想证明她的儿子是如何依赖她，离不开她，她不想让她的儿子独立，她想拥有她的儿子，或许母亲自己都不知道这点。

这不能完全怪她。中国有太多父母觉得孩子是他们的占有品；当孩子们渐渐羽翼丰满想要展翅高飞时，父母就想要囚禁他们、抓紧他们。父母想要和孩子成为连体婴儿，尽管他们没人会承认。

人们觉得孩子离不开父母，其实很多时候，恰恰是父母离不开孩子。

长大后，每每远行，母亲总很舍不得，她总叫我多留几天，好在家给我补补，她总是打电话来，反复叨念，想和我多说说话。我知道这是爱，但同时也是失去某件东西的落寞。

母亲不会承认有时候她的爱是占有，她觉得爱就该如此：舍身付出，赴汤蹈火。如果爱应该分离，应该独立，应该自由，她会觉得爱是不可思议的魔鬼。这些，我都理解，人要破除我执，谈何容易，放下即是得到，可是又有几人能够潇潇洒洒地放手？

所以，当我看到宋丹丹写给儿子巴图的信时，我就十分感动和钦佩。

她写道：没有孩子天天愿意跟爸爸妈妈在一起，孩子当然愿意跟年轻人在一起，所以我说，巴图，你如果不是真的想我，千万不要给我打电话，你妈自己玩得挺好，呵呵。你好好自己玩，如果你真的想我了，你可以给我打电话。我相信等他有一天会明白，他妈妈有多爱他。我希望给我的孩子最大的空间。我生了他，他就是自由的，不束缚他。

龙应台在《目送》中说，父母儿女是一场背影渐行渐远的修行，“你站立在小路的这一端，看着他逐渐消失在小路转弯的地方，而且，他用背影告诉你：不必追……”我们必须承认，尽管这样是痛苦的：人生注定孤独，爱注定要承受这份孤独与不舍。但是，不要害怕，不要难过，正应如此，我们才要珍视当下，不问过去，不想未来，安静自由地过好各自的生活。

爱着的人都很傻很天真，包括亲情

手机里有条短信："在被窝里就开始有点想你，现在转为暴想，情绪指数降低八度。受此影响，预计心情还将持续低迷。圣诞节快乐！"此短信是同事去年圣诞节发给我的，当时觉得有点意思，就存下了。今年的圣诞节，一个一个翻看着手机通讯录，领导、同事、朋友、客户，当然还有亲人……我想，就把这条短信转发给节日需要联络的人吧，既表达了思念，又不至于太肉麻。

首先我想到了嫣，她是我心目中的女神，我追她已经有些日子了。找到"嫣"的位置，轻轻点下去，我长舒了一口气，接下来就该是甜蜜的等待了。

下一个该发给谁呢？对了，发给我最要好的朋友央，他是我的发小，友谊坚不可摧；再就是发给与我最有共同语言的同事铭。对了，也该和领导联络感情，他说我工作很勤奋，鼓励我要争取事业进步，给他发个短信，拉近一点私人关系肯定是必要的。

再找找，接下来该发给谁？这样一个个发实在太麻烦了，我直接按下了群发键。

开始陆续有了回信，但大多是转发的不知翻炒了多少遍的段子，内容叫人感动到哭但欲哭无泪，我希望看到的是专门就这条短信回给我的。时间过得可真慢，一点一点，比蜗牛爬得还慢！一直等到第二天下午，还真等到了两个回信，一个是央，回信就四个字："是吗？呵呵。"还有个是位大龄未婚女同事的，三个字："有病啊！"总之，我最为盼望的嫣没有回信。我想，她也许会直接给我来电话吧，但手机在口袋里，静静地仿佛死机了。看看时间，收拾东西该准备下班了。于是，打电话向领导汇报工作，末了领导说："小伙子，不要空想，搞个人小资情调还不如做点实际的事。"领导就是领导，批评人也是这么意味深长。

"你是我的小呀小苹果……"手机铃声突然响起来，会不会是嫣？我以最快的速度掏出手机，却是父亲的号码，不觉有点失望。

"爸！"

"我给你寄了一个自动料理机。"

"啊？"

"这个料理机清洗、削皮、研磨都是全自动的，还可以磨豆浆。以后早晨起来你自己就可以磨点豆浆喝，别光顾着睡懒觉。"

"爸，怎么想起给我寄料理机啊？"

老爸在电话的那头嘿嘿地笑着："昨晚一收到你的短信，你妈就想给你寄点东西，想了一夜没睡，最后想起广告里说的这个机器。她说用这个你的早餐就有着落了，老饿会把胃饿坏的。今天一早，我就进城买了给你寄去，知道你也是懒得买。”

“短信？什么短信？”

“你不是说想我们吗？昨天你发给我们的短信……”父亲还在笑。

我愣了片刻，继而笑了。还没笑完，我的眼泪绷不住了。

“爸爸……”我很想告诉他，那条短信是我群发的，发的当时没有想起他。可是我没有勇气说出口，我从未给父亲发过短信，父亲是农民，初中没毕业。去年我给嫣买了新款的苹果手机，于是她把她的手机淘汰给了我，我又把自己的手机转手给了父亲，父亲还屁颠屁颠地要我教他发免费短信，但他就是学不会。

没想到，从收到短信的那一刻，父母就开始为我的“想念”忙碌起来了。父母生活在农村，一直过着节俭的生活，平日里舍不得花一分钱，却为了我花高价买料理机，不顾天寒地冻进城第一时间买好给我寄来。

爱着的人都很傻很天真，以前，我只知道这句话适用于爱情，没想到同样适用于亲情。

把父亲当作儿子养

他冲着父亲喊，傻！硬硬收住傻后面的那个“子”，依然有点儿尾音，父亲重复他的话：傻子！坐在椅子上傻乐，他的眼泪忽然落下来。相似的场景，隔了几十年的光景，也是做数学题，那时他做错了，父亲骂他傻，他哭了，这次他说父亲傻，还是他哭了。

母亲不安地看着他说，别费心了，你爸就是老糊涂了。他不管不顾地一次次地念题目：小明和小军共收集400张邮票，小军比小明多10张，小军给了小明40张，小明比小军多几张？

父亲认认真真地说，小明比小军多50张！他提示说，总共400张邮票，小军比小明多10张，想一下小军有多少张？父亲摇头，摇头，然后站起来，一步一步走进卧室，母亲端着水杯说，喝了药再睡呀。父亲说，不。母亲哄着他，像是哄小孩儿那般。

父亲突然被医生诊断为老年痴呆症，而在此之前，父亲常常一拍脑袋说自个儿老糊涂了，一句话说了上半句，忽然忘了下半句。遇见老同事，叫不上别人的名字。去买早点，要么忘了提早点，要么提了早点忘了给钱，让人喊住。出门遛狗，转了一圈又回家，忘记牵狗了。父亲说，老糊涂啦！那阵子，还没觉察到这事的严重性，那语气是自我解嘲。直到有一天，他上街忘了回来，若无其事地在街上走过来，走过去……

医生并没有灵丹妙药，似乎这病是个水到渠成的事情。不过，医生建议持续训导，延缓症状蔓延。

他和父母的住处隔着一条街，这个距离父亲很满意，觉得每次见面都挺新鲜。父亲退休时，他陪父亲喝酒，父亲喝多了，柔情地说，从今往后，我就是一个纯玩团了。你不一样，你得当爹，混名混利。不过，我觉得可以等着你退休，那时都轻松啦，有可能我老得走不动了，你就把我牵着到处转，那时我可能再也不老奸巨猾了，换成你啦……

“老奸巨猾”这话，是有一次他跟父亲拌嘴时说的，把父亲乐坏了，直夸他看清了本质。父亲退休之前是个会计，和算盘打了半辈子交道，虽说后来有了计算器，但他依然相信算盘。有一回他开玩笑说父亲的悼词一句话就够了，这个人一生都在精打细算。父亲满意，不过父亲说，悼词可以长一点，比如，他是他们村第一个吃上商品粮的，娶上城里媳妇的，一表人才，按流行的话来说，帅呆……获得奖状、奖杯52次，是高级会计师……他笑，父亲也笑……

母亲安顿好父亲出来说，莫要太操心你爸，他这是返老还童了，他不威风八面了，退一步，把他当儿子看！这样子，会不会好点儿？

他笑说，把爸当儿子？母亲点头，又说，先前印的好人卡用完了。他说，明天再印些回来。

好人卡是专门为父亲印的，印有他和父亲的名字和电话，怕父亲找不着家，截至目前只用过一次。很多时候，父亲将卡片扔了。为什么要扔？父亲只有三个字，不麻烦。至于为啥不麻烦，父亲的嘴像是上了锁。

他不同意父亲就这么废了，他希望父亲像别人的父亲那样，打麻将，养花，或者钓鱼，正是含饴弄孙的好时候，但他无力阻止。周末，他们一家三口来陪父亲，父亲想不起孙子的名字，到了晚上拉着孙子的手说，你怎么不回家？你爸爸妈妈要急坏了！

慢慢的，父亲不肯出门了，坐在沙发上，一坐就是半天，谁也不知道他在想什么，或者什么也没想。那些家庭作业，再也不肯做了。能吸引父亲注意力的只有母亲，母亲要出门，父亲就站起来，拉住她的袖子。

有一天，父亲忽然说：羊山。那是父亲的老家，自祖父祖母去世之后，已经多年没回去。他问父亲是不是要回羊山？父亲点头。

他请假带父亲回老家，可父亲又不肯了，怎么劝也没用，单曲回放似的说，没爹没娘了，不回了。

他一人回去，拍了视频、照片回来，老家的水井、旧房、核桃树……父亲一看，一个劲儿流眼泪，直到看到一个老头子，才说了一句：他屋后头的樱桃，甜。

这个意外的发现，让他来神，再一次回老家，请这位老人来城里陪父亲。老人来了，带来了乡音，父亲的一些记忆像被激活……他们手拉手，说了一句话，接着又说一句。乡音像是一味药。

他说，爸，我是谁啊？父亲看看他说，爸，我是谁啊？他说，你从哪里来？父亲说，你从哪里来？他又说，要到哪里去？父亲说，要到哪里去？

这不是哲学问题，而是，父亲又开始学说话了，很动听。

对家人开启耐心模式

下班刚到家，女儿就很严肃很郑重地让我看一个电视节目，我还要做饭呢，哪有闲工夫陪她看啊。我不耐烦地对她吼了一句：“去去去！等我有空再说，不做饭看电视，咱们去喝风吗？”女儿低下头，自言自语嘀咕了一句话，我听到好像是爱啊情啊的！也没多想，一头扎进厨房煎炒烹炸去了。

等饭菜上桌，女儿吃饭的时候还不依不饶地让我吃完饭一定陪她看，我忽然想起之前她曾小声说什么爱啊情啊的话，又回想起前几天曾看到她和一个男同学一起回家，且边走边聊特别亲密。我的无名火一下子蹿成了熊熊大火，声音也高了八度：“你天天不好好想想怎么提高考试成绩，就想没用的，看什么电视，没出息！今天罚你做两张期末模拟卷子！”

女儿被我突如其来的这一句话吓了一跳，看我生气的架势，她的头几乎埋到了饭碗里，眼里含着眼泪，拿筷子使劲往嘴里扒饭，掩饰着她的情绪。正在这时，电话响了，来电话的正是我们公司的副总，我深呼吸调整好情绪，然后面带微笑接通电话。公司让我明天去总部参加培训，我马上满脸堆笑，还不忘感激地说一句：“感谢公司给我这个机会，我一定好好表现。”

听到我挂断电话，女儿号啕大哭，转眼就成了泪人儿，边哭边数落我的种种罪状，“我想高兴地和你聊聊天，你总是不耐烦地说学习去，语气那么冷漠！我做错一点事，你就大吵大叫，生怕别人听不到，真丢人！”女儿梨花带雨，我不知所措。

此时，电话又响了，来电显示是母亲。我抄起电话，没等母亲说话，就抢先说道：“有事吗？没事别老打电话了！我有事呢！”母亲紧着在电话另一头说：“也没啥事，就想问问这周末你们过不过来吃饭，我好去市场买菜！”我丢过去一个“去”字，挂断了电话。

女儿狠狠地瞪了我一眼，说：“你真是变脸高手！哼！”说完，跑回自己屋“啪”的一声关上了门。我走进书房，电脑屏幕上，一个视频正在暂停状态，我点击播放，节目内容是公益测试活动，把孩子和母亲分开在两个房间，但是孩子不知道母亲就在另一个房间，而母亲能够从屏幕上看到孩子的一举一动。镜头上，孩子拨通母亲的电话，问母亲什么时候过来找她。母亲在电话中故意不耐烦地说：“我在路上，一会儿就到了！”过了一会，孩子再次打电话的时候，母亲更加不耐烦地说：“你烦不烦啊，这么远，我在骑车呢！”

听到妈妈的话，那个孩子情绪瞬间跌落谷底，脸上的表情由希望到失望最后绝望，忍不住哭了起来。另一边，妈妈看到孩子的变化，紧咬嘴唇、眼含热泪，她没想到自己的话会伤到孩子，孩子会是那样的感受。她迅速站起身，跑过去紧紧抱住孩子，安抚着孩子说："对不起，妈妈不该这样对你说话，不该不耐烦。"

我仔细一看，片头一行大字……想起回家时女儿让我和她一起看电视，她小声嘀咕的那句话，就是这句？"因为有爱，好好说话。"我们很忙，我们总是在忙工作，忙生活，忙在路上……总是站在自己的角度想问题，却忽略了最亲的人。

看完短片，我已泪流满面，心底最脆弱的地方被狠狠地触及了。父母还能跟我们聊多少次电话呢？还能亲亲、拥抱孩子多久呢？下次再说"我很忙""别烦我""不要再打来"之前，应该想想他们落寞的表情、黯然泪下的样子，所有不耐烦的理由就该瞬间溃不成军。

我跑到女儿房间，告诉她："妈妈以后要启动耐心模式！"女儿泪珠未干，破涕为笑："我要把这个消息告诉姥姥和全世界！"

父亲的阴谋

1

老婆怀孕后，父亲非常高兴，自告奋勇要帮我们夫妻带孩子，说自己住的地方便利，小区一边是幼儿园，一边是小学中学，都不超过半里路。父亲和母亲无事时，就畅想着以后带孙子的情景。

父亲很担心自己孙子被孩子的外公外婆抢走，甚至提前给我打了预防针："我的孙子，只能我带。"我劝他，他的孙子没谁去抢着带，他大可放心。父亲呵呵笑了，说："这还差不多。"可是，事情不幸被他言中。

孩子出生不久，丈母娘先下手为强把自己的外孙抢了去，理由是："他爷爷那小城，啥条件！"父亲知道后，气得暴跳如雷："我的孙子，凭啥她带着？"

我说，已经抢去了。父亲急了，说我丈母娘太没道理了，自己有孙子，干吗抢走他的孙子，又埋怨我不孝，这点儿要求都不能兑现，白养了。

父亲撺掇母亲，直接打孩子外婆的电话，讨要孙子，最终被母亲劝住。我很惭愧，只好经常录一些孩子的视频给父亲看。

2

父亲时常和母亲翻看孙子的照片，说哪儿像他，哪儿像母亲，然后就是一声长叹："我的孙子竟寄养在别人家。"父亲因此还和孩子外公外婆有了隔阂，固执地认为他们和自己过不去，故意抢走自己的孙子。母亲劝："人家帮你带孙子，应当感谢。"父亲毫不领情："不稀罕，我们会带。"他一直不去孩子外婆家，用他的话说，这叫气节。母亲暗自好笑，问他："你不想孙子？"父亲不说话了，拿一本书看，看了一会儿，又问母亲道："你想孙子？"母亲说："能不想？"父亲咂吧一下嘴说："人家不打电话请我们，怎么好意思去？"原来父亲顾及着面子。母亲知道后，忙把电话打给我。

我知道，这是让我传话呢。几天后，丈母娘打电话给母亲，请他们去玩，当然，主要是去看看孙子。父亲冷着脸说："要不是为了孙子，坚决不进他们家的门。"但是去了，父亲一直笑呵呵的。

3

后来才知道，父亲去，竟然带着一个不可告人的阴谋。

到了岳父岳母那儿，父亲就抱着孙子不放。孩子见了生人，哇哇大哭，坚决不让抱，扑到自己外婆怀中。父亲想了想，上街买了个拨浪鼓，回来“叮咚”一摇，就吸引住小家伙的注意力。一个两岁的小儿，就这样被一个60多的老人慢慢哄亲近了。

父亲在那儿一待就是半个月。母亲急了，连连催父亲回家。“老头子，做客时间长了，不怕人家嫌啊。”父亲理直气壮，一句回绝了母亲：“谁让他们占着我的孙子。”父亲在电话里得意地对我说：“血浓于水，这是外人离间不了的。”还旁敲侧击地打击我，“孙子有良心啊，亲近爷爷，就怕长大有了媳妇，啥都忘了。”我苦笑着，无言以答。

谁知几天后丈母娘打来电话说，孩子丢了。我们一惊，忙问原因，原来父亲说准备回小城，能不能让自己带着孙子睡。孩子外公外婆见父亲丝毫没谈带走孙子的话，心里一松，就满足了他的要求。谁知，第二天一早，孩子外婆起床就发现外孙不见了，孩子爷爷奶奶也消失了，打电话没人接，忙把电话打给我和妻子。

我一听，忙打电话给父亲。我问孩子呢，父亲理直气壮道：“我带回家了。”我生气地说，你带走孩子咋不说一声呢？父亲火了：“我的孙子，我想带走就带走，用得着给别人说吗？”我说，孩子外婆带了这么长时间，一时舍不得，再说她有高血压。父亲叹了一口气，带着商量的口吻说：“告诉她，对不起了，我只带半年，行不？”听着父亲近乎请求的语气，我竟无话可说。

4

之后，父亲电话来得勤了，几乎是早汇报晚总结：孩子喊爷爷了，孩子会背一首诗了。当然，孙子争到手，父亲大概也感到做事太唐突了，总会关心地问一句："你岳父岳母的身体都好吧？"然后，又宽慰似的说，"放心，时间一长，适应了就没什么。"话里明显地表现出，父亲想把孩子继续带下去。

可是，孩子外婆却是掐着时间过日子，时间一到，就要我们随她一块儿去抱回外孙。我劝不住，忙躲了起来。妻子拗不过，随着去了。

第二天，妻子回来了，告诉我，孩子抱回娘家了。

我连忙问，爸没说什么？

妻子说，爸哭了。我一怔，想象不出，温文儒雅一生的父亲也会哭，他哭起来会是什么样子，是小声抽泣，还是老泪纵横？

我的眼圈微微红了。

妻子说，他们临走时，父亲抹着眼泪说："孙子在我这儿，我就不愁儿子儿媳不回来，就不愁过不上一个团圆年。"妻子说着，声音也喑哑了。

父亲，今年过年我们一定回家。

闺女都是娘家的贼

父亲从故乡来我生活的城市，在亲戚家的公司上班。不久，母亲也来了。有父母的地方就是家。因此，父母暂居的小小出租房，虽远离故土，也成了我最亲切温暖的娘家。

以往，父母都在故乡，那么迢迢的距离，也只有逢年过节的时候才会回去看他们。一年一次。平常电话，母亲话多，叮嘱来叮嘱去，不放心在外的孩子。而今较过去近了，仍然也隔着几十公里。不过，每隔一段时间总要回一趟娘家。

如此来来回回，一年多后，我发现了一个有趣的问题。我父母家的东西总是在少。我每去一趟，美其名曰看望他们，实则是让他们忙乱，忙着做好吃的，忙着为我收拾东西。母亲做饭，我在屋子里转悠，父亲跟着我，只要我眼光略一停留，他便不住地说，这个，等会儿你拿走，那个等一会儿也拿走。忙着做饭的母亲也笑着说拿走，有时候竟丢下做的饭，跑过来帮我收拾。

我家的东西越来越多。一天，我打扫完屋子的卫生，坐在客厅里喝茶，瞅瞅周围，发现很多都是娘家的。桌上的茶叶是，鱼缸里的金鱼是，那把小扇子是，那瓶酒是，我到卧室看，写字时坐的椅子也是。父亲有一次来我家，见我的凳子不舒服，我再去时，不知他何时已悄悄把他自己刚买的椅子装在了我们的车上。我平时去图书馆借书用的绿色的大手袋也是的，又结实又耐用。孩子的大风车、大风筝、两箱玩具都是的。到厨房看，更多了。那袋大米，那包野山菌，那一兜苹果，那几个猕猴桃，那一袋核桃，那一包海棠果……

每回到娘家，父母都不会让孩子空手而归。起初，我不要，可是他们却一脸的失落和惆怅。而当我欣然接受的时候，他们舒展了眉头的忧郁，满脸的笑容和欣慰。那时我豁然明白，他们是甘愿为孩子付出的。当他们养大孩子之后，并不斤斤计较于回报，而是又以另一种方式默默表达他们对孩子的爱。

那一次，我看着母亲帮我收拾东西。此情此景，突然想起了故乡的俗语，只记起了大概意思，我笑着刚表达出大概，母亲就笑着说，那叫“闺女都是娘家的贼”。

母亲又说，你忘了，你们小时候去你姥姥家，你姥姥姥爷对我们不也是这样吗？说着，我们都笑了。

原来世上的亲情自古如此，女孩子出了阁，不是变成了娘家的客人，而成了娘家最贪心的“贼”。

前几日，亲戚给父母送了两盒新疆的和田大枣，父亲立即给我打电话让我空闲时回娘家取枣。嗬！谁说女孩儿是父母的贴心小棉袄？在这个凉薄的世间，是父母给了我们最深的温情。娘家是我们这群“女儿贼”最贴心最大度最无私的主家。

两个二分之一相加，等于二

1

她一直不太喜欢这个流着鼻涕的小孩，尽管他们想尽办法告诉她，这是她弟弟。她却不屑地撇撇嘴，我才没有这么丑的弟弟。她喊他鼻涕精。

她是20世纪80年代的小孩，父母生她的时候，计划生育政策刚刚提倡不久，所以，那批小孩里，独生子女居多。而她，偏偏就有一个比自己小六岁的弟弟。

周日，大院里的孩子都由父母领着去公园，她却只能待在家里。弟弟年龄小，父母都围着他转了，哪里轮得上自己。她很委屈，很快，这委屈便转成了一股怒气，小小年纪的她便对父母发火，说，为什么非给我要个弟弟，你们看看别人家的孩子。

父母对着她眨眨眼，然后两个人都笑了。

母亲笑着说，那是因为想给你找个伴呀。话语里，颇有几分逗弄她的意思。

后来，她渐渐知道了因为这个弟弟，父亲被降了一级工资，母亲也被单位降了级，所以她更没来由地恨这个鼻涕精。

当鼻涕精一岁多时，就可以跟在她的屁股后面喊她“切切”（姐姐）了。她常常是和同院的小女孩们玩跳皮筋或是走格子，玩得尽兴的时候，他便出现了。望着同龄的小女孩们那种诧异、同情或是带着一点调笑的表情时，她觉得自己实在是太丢人了。

于是更恼他，但鼻涕精不恼，常常跟在她后面喊，姐，吃饭了。姐，这个字怎么念？姐……

她往往不耐烦地摆摆手，说，烦死了。

2

上中学时，弟弟上了小学，调皮，成绩又不好，还总是跟别人打架。学校里的同学都喊他捣蛋虫。

最让她不能接受的是，对于她的权威性，捣蛋虫越来越提出质疑。一次，爸爸的单位发了甘蔗，父亲一刀下去把一根甘蔗一分为二，她抢先拿起了靠近根部的那段。按照以往的规矩，捣蛋虫应该老老实实地拿起另一段，没想到这次他没拿，而是伸手出来，对她强硬地说，拿来。

她不乐意了，冲他瞪眼睛，什么拿来，你给我老实点！

他更不乐意，突然就扑上来抢她的那一半。这个时候，她才发现，这个小小的人儿，不知何时力气变得这样大。他们扭打了很长时间，后来她实在是没力气了，哭着对他喊，我告诉爸妈去。

没想到他一边啃着甘蔗一边得意地说，你告去啊，就会告状。

但半个小时之后，他可怜巴巴地拿着作业来问她，她冷冰冰地回绝了他。看着他哭丧着脸拿着作业本走出去，她心里有种快感。

没想到他会恶人先告状，说姐姐不帮他学习。

父亲把她喊过去训她。她却恨恨地说，谁让你们多生了这样一个孩子，我不喜欢他，抢我的东西吃，还打我。你们根本就不疼我。

父亲一怔，笑着说，对你们两个都是一样的。

可是，一份东西分开，就成了二分之一，一份爱分开，也成了二分之一份爱，我不要这二分之一，我要像院里的其他孩子那样，要全部。

父亲又笑了，说，今天给你二分之一，以后，他会把这二分之一还给你的。

她认为父亲肯定是在哄自己。

3

高中时，她终于摆脱了弟弟的影子。姐弟两个，很少吵架了。很快上了大学，离开了家，她才知道思念的滋味，甚至那些吵吵闹闹的时光，在她看来都那么值得怀念。

她两个星期往家里打一次电话，每一次都是父亲或母亲接电话。开始，她还不以为意，可是后来，她渐渐想，为什么那个小不点就不能接一次电话呢？他上中学了，是不是与其他小男生一样长高了，声音变粗了呢？

寒假回家，她刚下火车，就听到一个粗粗的声音在喊，姐。

顺着喊声望去，她看到了他，个子居然长高了很多。最让她诧异的是他的嗓音，较以前的细嫩而言，几乎判若两人。

他跑过来，拉起她的行李往前走，一边走一边说，咱爸买了一条大鱼，有五六斤呢，我快要馋死了，你可回来了。

她微笑。虽然他长高了，嗓门也粗了，但毕竟只算一个小小伙子。看着他努力地拉着自己的行李走在前面，她这样想。

饭吃得很融洽。她问到小小伙子的成绩，他却不好意思地笑了。父亲摇摇头，脸一下子阴了下来。母亲叹气，说成绩老是提不上去，以后上不了大学怎么办啊。

没想到小小伙子却说，上不了大学，我姐养着我。

她笑了，把眼光看向父母，心里却微微有些别扭，凭什么就让我养着你。

父亲或是看出了她的心思，慢条斯理地说，是啊，你姐养着你。等到几十年之后，这世界上恐怕也就是你姐弟两个最亲了，因为你们有同一个父亲、同一个母亲。

她心里一动，有个念头一闪而过，但是拼命再去想，却想不出来是什么。

4

她毕业了，分配形势却不好，通过父亲的努力还是回到了家乡的城市，在一家行政机构做了一名小公务员。

这个时候的小小伙子，却变得羞涩起来，学习成绩慢慢上来了，他的话越来越少了，个子却越长越高，超过了她。有时候，站在他面前说话时，她竟然有些小小的自卑。她明白，这自卑不是来源于学识的，而是自己以前潜藏在心底的那份优越感渐渐消失。

当她准备结婚的时候，他已经是大二的学生了。

本来想着婚后过几年再要孩子的，但是突然就怀孕了，跑去问母亲，母亲笑了，简单地问了她几个问题之后，说孩子必须要，你第一次怀孕，流产对身体不好，这两天带你去医院检查一下。

但是，母亲突然想起什么似的，说起了父亲的心病。父亲一生谨慎而小心。在她五岁的时候，父亲突然有一天就对母亲说，咱们百年之后，这世上就剩下咱女儿一个人了，多孤单，连个相互照应的人也没有。于是，在想了几天几夜之后，他们决定再要一个孩子。

她有些心酸，看着母亲。虽然她刚刚怀孕，但是也明白父母的心情，他们真的是怕自己在这个世上没有个伴，所以才生下了弟弟，同样，他们也为弟弟有个伴而欣慰。她忽然明白了当年父亲所说的那句话，现在我们把爱分成了二分之一，以后，他会把这二分之一都还给你。

是的，明白了，同时也明白了父母的一片苦心。

暑假时候，她快要临产，最后一次检查，是弟弟陪她去的。上台阶时，他搀扶着她慢慢走上去。他的手那样有力，她觉得，自己全身的重量都放上去也不成问题。突然，她转过头喊了声，弟。

他抬头，一脸关切的神情，怎么了，姐。

她笑了，眼睛湿湿的，往事种种，包括父母所说的话都涌现出来。是的，弟弟正将他那二分之一的爱慢慢还给自己，而自己何尝又不是呢？以后的日子里，也会把应该属于他的二分之一的爱慢慢还给这个还不算长大的小子。

可能父亲也想到了，两个二分之一的爱加起来不是一份，而是两份爱，这两份爱，证明他们来自同一对父母、同一份基因，会在同一片天空下相依为命。

没有什么比父亲更重要

高考刚结束，他就发疯似地冲进医院，终于看到了许久不见的父亲。他跪在病床前，看着生命垂危的父亲，泪水轰然落下。

这是今年高考结束后发生在重庆西南医院里的一幕，他是农村青年徐代鹏，兄弟姐妹四个，他是家中老小，父母把他们拉扯大可谓含辛茹苦。2014年，徐代鹏满怀信心地参加高考，不料发挥失常。在成绩出来那一刻，他看着年迈的父亲，又看看窘迫的家境，徐代鹏提出退学，外出打工养家。可父亲却坚决反对，发誓就是砸锅卖铁也要供他上大学。

为了不辜负父亲的心，徐代鹏选择了复读，他倍加珍惜复读的机会，学习非常刻苦，暗暗发誓这次一定不会让父亲失望。徐代鹏是个孝顺懂事的孩子，每逢节假日同学们外出游玩，可他从来不去，趁着放假，他会赶回家帮父亲干活。他跟父亲无话不谈，开心的还是不开心的事都会告诉父亲，而且每一回跟父亲通电话都至少要说上半个小时，父子间融洽的关系让同学们羡慕不已。

就在今年高考前，徐代鹏发现父亲跟自己通电话的时间越来越短，起初，他以为是父亲为了不耽误他的学习，才故意缩短通话时间，他也没有在意。就在6月7日，高考的第一天，徐代鹏再次走进考场，那天，同学们都有父母的陪伴，唯独徐代鹏没有，他想是父母太忙，不方便陪自己。

直到高考结束，徐代鹏才从姐姐那里知道父亲已经躺在病床上。为了不影响他高考，一家人向他隐瞒着父亲患肝衰竭的事。到医院后，医生对徐代鹏说："你父亲的肝衰竭已经恶化，有相当一部分的肝已经坏死，除了等待，最好的治疗方案就是肝移植，但是做手术要花费一笔不小的数目。"听到这个消息的徐代鹏瞬间崩溃，他撕心裂肺地哭喊道："我可以为我爸捐肝，我们是父子，配型成功的概率肯定很大！"

徐代鹏下决心要为父亲捐肝，可这样的提议立即遭到父亲的反对，他不仅担心捐肝影响儿子的身体健康，更担心儿子错过大学开学的时间。徐代鹏知道父亲的顾虑，便安慰父亲说："爸，放心，我会想办法的，我要为您续命，这是儿子应尽的义务。"

在医院的几天时间，父子俩的故事感染了同病房的人，大家都纷纷献出自己的爱心。徐代鹏要割肝救父亲的消息很快传到了他的母校，同学们自发来到医院看望徐代鹏的父亲，并将凑出来的两万元钱给了徐代鹏。更让徐代鹏感动的是，同学们还将他的故事发到了微博，号召更多的人伸出援助之手。让人欣慰的是短短几天时间，他就收到了来自全国各地热心人士的捐款。

当有人问徐代鹏：“如果父亲治疗情况不理想，你还会不会为他捐肝？”他想都没想，斩钉截铁地说：“我会的！没有什么比父亲更重要，父亲的健康比我的大学梦更重要！”这个刚刚高中毕业的小伙子坚定的话语感动着在场的每个人。

我们越成长，父母就越弱小

写下这个标题的时候，我的心是疼的。这是要逼着我们承认亏欠父母吗？

打从出生的第一天开始，我们便被教育要尊老爱幼，所以怎么可能会做出这样的事情。

我们似乎还记得，当我们把碗里的青菜小心翼翼地挑出来时，总会听到妈妈如河东狮吼一样冲我们喊道："老师没教过你不能挑食吗？不吃青菜会生病的。"

然后，根本无视我们一副哀求的神情，将整碗的青菜放到我们面前，如将军命令士兵一般地说道："今天你不把这些青菜吃了，就不许睡觉。"

可是不知从何时开始，画风逐渐成了这样：当我们不在的时候，父母饭桌上的菜不会超过两个。可我们一回去，他们瞬间便化身为神厨，巴不得将菜市场里所有的菜都弄回家里，又是做鱼，又是做鸡。摆满了一桌子，生怕有我们不喜欢的。

"你不喜欢吃西蓝花，总说它是生的，这个妈吃，你吃这个……”一边说，还一边将她面前的糖醋排骨和你面前的西蓝花调了过来。可还没动筷子，我们便说：“妈！我在减肥，不吃肉的。”第二天，饭桌上便是一片绿色。

我们或许没有发现，曾几何时，我们的父母变得很听我们的话了，就如同我们儿时听他们的话一般。

长大的我们，渐渐地从士兵变成了将军。在父母推开我们房门时，会对着他们喊道：“你们不知道进屋前要先敲门吗？”在无数次打电话问我们什么时候可以下班时，本来就已经加班到冒火的我们，会不耐烦地对着他们说：“从7点到现在，你都打了五次电话了。你还让不让我做事情！我不是小孩子了，不会走丢的，你不要一会儿一个电话，好不好！”

这是病，得治，知道吗？

小的时候，我们敢这样对父母说话吗？他们让我们做什么，我们都不敢吭声，立马执行。可是现在，我们长大了，独立了，倒变成他们在我们面前小心翼翼、不敢吱声了。

父母其实也挺可怜，年轻时为家庭打拼，儿子长大了，自己也慢慢苍老。害怕孤独的他们，开始担心自己哪里不对，会让本来压力就大的儿女不高兴了。于是他们开始变得小心翼翼，对我们说话的语气从最开始的命令，到现在的商量或者征求，更或者有些讨好。

其实只是因为他们觉得自己已经老去，无力再保护我们，害怕失去我们对他们的依赖，从而转身依赖我们。

从另外一个朋友那里听到的话，更让我感触。

她说不知道父母什么时候，竟然学会了用QQ和微信，而且还加了她好友。要不是有一次她在QQ上说想吃老家的肉丸子，然后第二天一下班便见母亲风尘仆仆地站在自己家门口，怀里还像抱着宝贝似的抱着一盒肉丸子，她都不知道她们竟然是好友。朋友当时很生气，并没有问大字不识一个的父母，是怎样学会用QQ和微信的，而是觉得他们是在监控自己的生活。她说，她至今都还记得当她大声质问，他们干吗要偷偷加她为好友时，母亲像一个做错事的小孩子一样，说只是想多看看她的相片，想多知道她的生活。然后慌乱地，小心翼翼对她说，如果她不喜欢，他们马上就删掉。

朋友说，当时她心里愧疚得都想自己撞墙死算了。

我们并不是恶人，也不是不懂孝道，可我们为什么还是会这样呢？那是因为，我们的思想和个人都在变大变强，我们从之前的弱势变成了强势。我们总是不经意地说了那些话，做了那些事。

当年的我们还小，终有一天会变大变强，而现在的父母只会越来越老，越来越弱。所以，请收起你的那些不经意，别让你的父母在你面前变得小心翼翼。

我宁愿不知道他什么时候回家

很怕跟父母约会，他们总是到得特别早。

约好了1点钟在酒楼饮茶，12点15分已经收到他们的电话说，我们已经到了，你不用急。结果唯有匆匆赶去。去了，发现他们干坐着等我，点心也不肯叫。

有一年父亲节，约好1点30分回去接爸爸，因有事要晚一点才到，1点钟打电话回家，妈妈说，他已经在楼下等你。

跟年老的父母约会，压力无比沉重。

人老了，睡得特别少，时间好像过得特别长。儿女整天在外头，难得见面，一旦跟儿女约会，老人家便特别兴奋，心情犹如年轻时跟情人约会。

约他们喝早茶，意思是早上11点钟，他们凌晨5点已经起床等候。约他们吃午饭，他们清晨7点钟就起来准备。约他们吃晚饭，他们下午3点钟就准备出去。说好回家吃晚饭，更不得了，他们前一晚就开始煲鱼翅。

抽空回去跟父母吃饭，本来觉得自己很孝顺。他们过早的等待和热切的盼望，却忽然使我觉得自己不孝。

父母余下的日子应该比我少，我的时间应该是比他们多的，但是每次见面，总是令我觉得，我的时间太少，而父母的时间太多。

一回，约好爸爸吃晚饭，因赶不起稿，打电话给他说要改期，他在电话那边说“不要紧，不要紧”，原来他还特意去剪了一次头发。

有时候，我宁愿爸爸像年轻时一样，我永远不知道他什么时候回家。

小伙子，替我照顾我的儿子

在我少年时代的某个时期，家境困顿，入不敷出，我放弃了重点高中的录取通知书，选择了一所中专。

每个周末我都会坐车去郊区的饲养场，我妈在那边上班，晚上也住在那里。我提着在学校里参加广播比赛得来的奶粉、芝麻糊之类的东西，在破旧的公车上摇晃个把小时，再下车走上20多分钟的路程，转进饲养场的养猪区，寻找我妈的身影。

我妈戴着一顶白色的帽子，身穿绿色工作服，正在给猪喂食。通常这个时候，我会接过她手中的活儿，叫她去休息一下。我妈接过我手中的奶粉，照例不满地唠叨："以后不要带这些东西过来了，留着自己吃。"我则习惯性地跟她贫嘴："话可不能这么说，那是我带给我妈的，你可要好好照顾她。"

养猪是个力气活，要是赶上猪生产，那铁定是要累得脱层老皮。刚生产下来的小猪全身都是黏液，擦干净后，还得为刚剪断的脐带消毒。我妈则在一旁为小猪打耳号做记录。

第二天清晨，我返校，母亲送我到门口，从兜里掏出面值不等的10块20块，皱巴巴地叠成一小沓，放在我手上。

“妈，我没给你说吗，电视台请我去做兼职，有薪水的。”

“你怎么跑去工作了？学习呢？”

“我不会耽误学习的，学校领导也都很支持我。你把钱留着吧。等我领工资了，换我拿给你了。”我将钱塞了回去，一溜小跑地躲到远处。“喂，对面那位阿姨！”我朝她喊，“好好照顾我的妈妈啊！”

“你个没正经的！”

2002年，我由中专保送至东北林业大学。大三那年的春天，我跟学校请了一星期的假，去医院照顾母亲。母亲病得很重，我端水喂饭守着她，给她讲播音工作时的趣事。母亲躺在床上，那么瘦小，像个婴儿一般缩成一团。我突然意识到，我无法接受一些事实，比如母亲的日渐衰老、虚弱、病痛……在这些无法逃避的事实面前，除了拉着她的手，我什么也做不了。

母亲躺在床上，试图挤出一个微笑，示意我不要担心，我摸摸她的脑袋：“这位阿姨，以后你好好休息，还是换我来照顾我妈妈吧。”

正式工作后，我从哈尔滨赶回家，一天之内把房子卖掉，再拖着父母搬到哈尔滨。我知道自己耽搁不起了，父母年纪越来越大，在他们彻底老去之前，我要待在他们身边。

多年后，我问起病房里的那一幕，母亲告诉我，当时心里愧疚，觉得什么都没给过我，自己就病倒了。这是母亲一贯的思维模式，我望着她，当年的大辫子早已不复存在，头发花白，面容疲惫。

“对面这位小伙子，”母亲突然说道，“阿姨年纪大了，替我好好照顾我的儿子。”

越过高山，越过父母

前两天，一位在外企工作的朋友向我吐槽，他们看好的实习生，一个挺能干的苏州姑娘，最终还是在父母的“威逼利诱”下选择了离开，老老实实地回家做了一个“大家都很看好”的公务员。

“那姑娘临走前，一个劲儿地跟我说对不起。”朋友又气愤又无奈，恨恨地叉着盘里的炸鱼出气，“你说，生个孩子是用来圈养的吗？”

我无语。倒不是说外企一定要比事业单位好，朋友中做公务员的也不少。我只是很遗憾，看到一个喜欢竞争、充满活力的青年人，只是因为把自己视为父母的拯救者，就放弃自己的梦想、意愿、判断，以及对于生活的思考——好像一个满心委屈的莴苣姑娘，一脸无奈地被困在高冷的城堡之中，而这个城堡的建造者，却不是童话中的恶毒女巫，而是现实中泪水涟涟的父母。

记得一位西方教育学家说过：“父母这道墙，不管你是走出去、跳出去，还是绕过去、闯过去……总之最终都要过去。只有这样，你才能看见墙外的那个更大的世界。”我很喜欢这个说法，毕竟这厚厚的父母墙，最开始并不是为了阻碍我们而存在的。当我们还是稚嫩的宝贝，恰恰是这道温暖的墙，在想方设法保护我们不受墙外的风吹雨打。

但父母也的确常常忘记孩子总有一天会长大。

就像我的咨询师朋友，正好在这个夏天，离开了工作六年的高校，开始走梦想已久的创业之路。现在她每天都把自己累得像狗，回家以后还要笑着去安慰“正在生气中”的父母——恰好这些天，她的父母从家乡过来小住，天天都发牢骚，抱怨孩子不听话：“你看看，往年都是你一到寒暑假就回家，现在却要我们两个大老远跑过来照顾你！”

不过牢骚归牢骚，看到女儿每天从清晨忙到日暮，老人家也是真的很心疼。就好像这两天北京阴雨，我也总是催着女儿，赶紧用过膝的中裤换下身上的短裤，为此引发过不止一次的冲突；然后又不止一次，在摸到她冰冷的小手之后狠狠地批评她“不听劝”；再接着不止一次，因为看到她的一张臭脸而控制不住地生闷气。

大概，孩子长大了，就一定要变得不听话，一定会惹父母生气吧？或者说，当我们长大，父母就一定会变得很固执，没办法沟通吧？

那我们又该怎么办？

我知道，这个时代很流行去指摘父母的问题。类似的文字，网络上处处可见，可是别忘了生活不是审判台，就算我们把所有痛苦的责任，一股脑儿推到父母的头上，似乎也不能让原先的痛苦减轻一些。

相反，我更愿意去相信：父母不是不爱孩子，不想让孩子过得好，而是很多时候由于太过亲密，他们会忽视孩子的成长，忘记了当一个孩子长大成人，就应该让他们自己去定义什么是“我的”好日子——简而言之，很多父母只是不相信孩子已经知道了什么才是好的。

所以做自己的判断，用行动去表明态度，最终把自己的日子过好，才是让父母了解到“我已经长大”的重中之重。

只不过，身为父母，难免会因为孩子的离开而忧伤。我们不要因此怀疑他们的初衷，也无须担心他们无力承受，等到我们一步一步建立起属于自己的美好生活，偶尔回回头，就会看见他们正在远远地，看着我们的身影微笑。

Part 6

所有的奋斗，都有温暖的幸福

回顾往事时，
所有关于青春奋斗的故事，
都离不开艰苦的环境，
但那些温暖幸福的事，
才让你的生命变得更加精彩。

所有的奋斗，都有温暖的幸福

今天中午吃蒜薹炒腊肉的时候，我想起两个人来。

她们是我曾经租房子时候的合租室友，根据年纪排序，她俩分别是老大和老二，我是老三。老大有一个奇特的减压方式就是早晨做饭。因此我们三个人商定，每人每月交100元钱，老大每天早晨做饭，我们仨都中午带饭。老二每天负责下班买菜和管钱，老三我不太会做饭又能折腾，因此老大老二坚决不让我进厨房，只让我等着吃就是对她们最大的回报。三人一个月共300，这个费用太少了，我提议多交点钱，但老大老二坚决控制在这个范围之内。因为我经常有约不带饭，对吃饭也没什么大兴趣，因此我也不知道她们都吃什么，也没太注意我每次都带着什么饭。

有次我下班回到家，老大从屋里伸出一只脑袋问我，明天带饭吗？我想了想说："带吧。"话音刚落，老大把头扭向另一个方向，朝老二的屋子喊了一声："老二，买蒜薹，明天老三要带饭。"我有点奇怪地问她："什么叫老三吃饭买蒜薹，你们平时不吃么？"老二边换鞋边说："我们平时就吃白菜、土豆什么的，老大说你爱吃蒜薹，所以你吃饭的时候我才买蒜薹。蒜薹比较贵嘛。”

我有些发愣，但也不知道说点什么。她们两个各干各的，跟没事儿人一样买菜的买菜，拜佛的拜佛。我才回忆起来，每次带饭都有蒜薹这道菜。我一直以为，她们也爱吃。但没想到她们这么迁就着我，自己辛苦劳动，还要顾及我爱吃什么，还要为我去买贵的菜，自己平时就吃便宜的。

其实老大每天早晨7点就起来做饭，而我每次都是被门缝里飘进来的菜香所唤醒。老大的菜有一种独特的味道，这种味道包含在所有的菜里，土豆、萝卜、豆角、番茄炒鸡蛋什么的，都有同一种味道，以至于跟她学做饭的老二后来做出的菜也是同一种味道。每天早晨8点半左右，都会在朦胧中听到老大推开我的房门，拿走我的玻璃大饭盒，装好满满一饭盒菜和米饭，再开着饭盒盖送进来，放在我的写字台上，浓浓的菜香味儿此刻飘在我房间里，让我再也睡不踏实，想起来吃两口。每天中午，我都会在办公室吃掉老大给带的满满一盒饭菜。同事一直以为我家人在身边照顾我，但每次听说室友做的饭，大家总是很惊讶。

除了做饭，她们也从不让我做家务。现在回忆起来，跟老大老二一起合租的两年多时间里，我没有倒过一次垃圾，没有拖过一次地，每次她们都以我太忙，晚上还要写作太辛苦为由不让我干。我晾在阳台的衣服，也每次都是她们来收。我过意不去，想要多交点钱，但总被以公平为由拒绝。其实我比她们工作早一年，工资高一些，我愿意多付一些钱，想以此回报她们的劳动。但我也知道，钱并不是她们对我好不好的理由，但我也不知道，还能用什么方法来表示一下，尽管还是被拒绝了。

后来，我们渐渐分开了，各自有了新的家，生活在这个大大的城市的三个不同的角落里。但总在不经意的某个时刻，我们还是会去老大家吃她新研发出来的可其实还是那个味儿的各种饭。每次，老大都等着老二，然后一起接上我，慢慢回家，慢慢做饭，三个人像以前一样，围在一个小桌子上闷头吃上一大碗，临走老大还恨不得给打包一份带走。前几天老大买了房子，我说我还想吃你上次做的那个乱七八糟的面啊，老大毫不犹豫地说："赶紧来，我家厨房处女用给你了。"

有时候你觉得自己一个人生活在远方，心里冷得要命；有时候你拼命想找个男朋友，以为那样就有了全世界的温暖；有时候你孤独寂寞得想哭，总觉得自己没有依靠。但有些很小很小的细节，蕴藏着点点滴滴的温情，其实就弥漫在你的身边。这种温暖很微小，微小到你如果不写下来就真的会忘记。

相对于小小的你我来讲，每个城市都很大，大到像洪荒宇宙，你与一个人分开，就可能永远不想见；每个城市也都很小，小到只要你诚心相待，破房子也是温暖的家。城市里的每一个孤独的灵魂，可能孤寂、可能寒冷、可能不安、可能哭泣，但总有那么一刻，你会在自己的生活里找到一丝温暖，包围着你，裹挟着你，慢慢长大。

我们都以为，有一天成功了，一定会幸福；有一天我有了大别墅，有了豪华家私和太空棉被就再也不会冷。可无数前辈在回顾往事时的泪光告诉我们，所有关于青春里的奋斗故事，都离不开艰苦的环境，捉襟见肘的窘迫，但那些回忆起来能让你的皱纹都舒展开来的人和事，才是你绵长的生命时光里，最温暖幸福的事。

孩子们，我来了

孩子们，快告诉我，当你们的英语老师，要多酷多炫才行？

在大四下半学期之前，我是一直不屑于去从事教师这个职业的。自己当学生当了十几年简直要吐了，如果工作以后还接着跟这群不知天高地厚的学生打交道，那我不是疯了就是被人灌药了。

可是，开得正灿烂的“花朵们”，我跟你们说，我从大四下半学期开始，真的像被灌药了，我简直想当老师想疯了。我来说说我想怎么当你们的英语老师，然后，你们畅快地说说我是否够资格当个英语老师。

当老师，硬件当然是必备的。虽然不是师范院校毕业，但想当老师的我也是有英语专业科班出身背景的。英语专四、专八这种足够羡煞其他专业的考试，我用一个月来突击复习，结果都是以“良好”通过。其中专四考试，估计因为一个选择题打盹了，少得一分，要不然就可以拿到傲视群雄的“优秀”了。另外，老师我当年高考英语成绩可是143分啊。

据说，诚实是一个老师必备的品质，那我诚实地说，高考143

分是我英语生涯的巅峰成绩。我各种模拟、统测都没考过这么酷的成绩，高考的时候，一定是我人品爆发了。

我读了大学后，虽然有点儿“不务正业”，但是英语专业的学习并没有落下，每年评优拿奖学金都是意料中的事。因为大学的英语课程经常需要上讲台去展示自己和表达观点，我才发现，我想要表达出来的东西原来有这么多。除了可以用中文写稿子，另一种语言也为我打开了一扇大大的窗，那里面，有彩虹般的缤纷颜色。

所以，我当你们的英语老师的话，别担心，我肯定是不会客气的。比如，早读这样的事情——看英文书籍、背精彩段落、检查背诵，是你学英语每天必须坚持做的事情。我绝对会戴着眼镜，踩着板凳，站在教室后面的窗户边，擦亮眼睛好好监督你们的。

另外，脸皮薄、不愿意说英语这样的事情，在英语课上，你一定要忘了。我是那种没事儿提溜起一个孩子唱首英文歌、自习课无聊了让漂亮的班花站起来讲英文笑话的老师，其乐融融可是英语课的最高境界。

当老师，“软件”是另一件利器。你们的英语老师，是不是个个都貌美如仙，一下子就抓住了你们班男生的心？听说各个大学的外语学院，都是美女帅哥的集散地。可惜了，老师我从源头就断了这个可能，这么多年，我已经成长为最接地气的形象代言人，爱吃、爱睡、爱拖拉，大脾气、小脾气、怪脾气，不修边幅，大大咧咧，一直都是大家怎么方便怎么舒服怎么来。但是，除此之外，唯一确定的是，我深爱着这个世界上一切美好的事物。

比如吃，如果你们爱吃，只要成绩提高了，老师搭上工资都可以无条件带你们去吃。不过，你有好吃的，也千万要记得推荐给老师哦。比如爱美少年，听说现在的孩子都追星，老师简直可以坐下来和班里的女生一个挨着一个地聊聊这个话题。

听说现在的学生都特别喜欢韩国的明星，这个完全没问题，管他是YG家的BIGBANG，还是SM家的EXO，聊谁老师也不陌生，追溯到你们还没出生时流行的HOT、东方神起，老师也能聊上几句。内地的TFBOYS美少年组合，老师完全是大学里最早的传播者，那时候一上课老师就给全班放《到不了》。那些穿越剧什么的，老师虽然不看，但是绝对尊重你们选择的权利。如果你们特别推荐，我一定会去看你们喜欢的一切。

还有，那些喜欢音乐、图书的孩子，老师家的收藏愿意为你们敞开。关于欧美圈、日本电视和动漫圈的，老师也可以跟你们促膝而谈，一一道来，卷福、抖森、吸血鬼，还有银魂，你们随便说！但是，我是不允许你们为了偶像去做任何力所不能及的事情的。偶像是要给你们力量的人，如果偶像带给你们的是负能量，那就要尽早断了这个念头。

另外，老师非常欢迎你们把自己的小情绪告诉我，老师写过的文章几乎讲的全是上学时候的故事。你们的心情虽然和我隔着几年的距离，但青春的故事是永远都有人正在经历着的，而曾经年轻过的人感慨更深。暗恋、喜欢和告白，都是属于你们的标签，但我不希望看到你们正上着学就出双入对，而是希望你们能珍惜与TA每一次见面内心唱着OST的感觉。你要知道，那是青春最好的纪念品。

我说了这么多，还是忘了说，为什么突然那么想当老师。千万不要说老师矫情，因为，我喜欢一切美好的事物，而这个世界上，我找了这么久之后突然发现，最美好的事物，就是充满了一切希望和可能的你们。我想参与到你们的成长中去，哪怕是旁观你们的精彩，哪怕看到你们跌倒，都要为你们的坚持和努力鼓掌，用力喊到喉咙沙哑，只为让你们听见，让你们知道，你们是这个世界上最美好的存在。所以，你们一定要记得，要用百分之百的汗水去努力走好人生的每一步。

其实，还有非常多想要跟你们一起分享的心情，这几页文字是不够我唠叨的。现在的我，常常在想，不知道自己够不够幸运，可以有一天异常激动地推门走到讲台上，用力一敲讲桌，把最后一排还在说话的学生给打断，然后带着些许紧张地开始说：“孩子们，我来了，我是你们新来的英语老师。从最后一排穿白T恤衫的那位同学开始，大家自我介绍一下……”

记住，这世界是有爱的

2014年10月28日，美国的犹他州小城西乔丹到处挂满了圣诞彩灯，街上随处可见“圣诞老人”在派发礼物，甚至广播里也播放着圣诞歌曲，处处都洋溢着浓浓的圣诞气氛。

明明才10月，离圣诞节还有两个月的时间，怎么当地人们就提前过上了圣诞节？原来这是小城市民们专门提前为一个名叫伊桑的四岁小男孩举行的圣诞狂欢。

伊桑今年4岁，在他只有一岁十个月大时，被诊断出患有急性淋巴细胞白血病。两年多来，伊桑表现得非常勇敢，不管是化疗还是吃药，他都乖乖地配合医生，从没有哭过一声，也没叫过一声痛。相反，看到父母心痛地掉眼泪，他还会笑着安慰和鼓励父母。

10月初的一天，伊桑父母按规定带他去医院检查时，突然被医生告知，伊桑的病情非常恶劣，他在这个世界上的时间可能只有两天到几个星期了。痛心之余，伊桑的父亲梅里尔决定想尽一切办法让伊桑在最后的日子里过好每一天。

父亲装作无意的样子问伊桑最想做什么，伊桑回答说自己最想和别的孩子一样，能在家里快快乐乐地过节，例如万圣节、生日，还有圣诞节。伊桑的话让梅里尔瞬间泪流满面，因为最近的万圣节也要三天后，距离生日和圣诞节更是还有一两个月。他不知道伊桑能不能坚持到那时候，自己有没有机会帮孩子实现最后的梦想。

伊桑父母一边竭尽全力照顾伊桑，一边祈祷上帝保佑伊桑多坚持些时日。同时，梅里尔还在脸书上发出呼吁，他呼吁人们帮忙转发消息，让更多的人为伊桑祈祷、祝福。一夜之间，四岁的伊桑在生命弥留之际过完三个节日的消息在网上被人们疯转。同时人们也被伊桑积极与病魔做斗争、乐观面对生活的态度所深深感动，纷纷要加入伊桑父母的行列，为伊桑完成梦想。

因为怕伊桑的身体坚持不了多少时日，无法亲历这些节日，人们决定提前为伊桑过节。一开始，市民们为伊桑举行了为期十天的万圣节活动。在万圣节上，人们轮流推着伊桑陪他挨家挨户玩“不给糖果就捣乱”的游戏。

伊桑万圣节玩得非常开心。几天后，市民们决定提前一个月为他庆生。庆典当天，伊桑身着“超级英雄”的服饰，有近百人装扮成“黑武士”、冒险英雄“印第安纳·琼斯”和“风笛手”陪着他一起在街上游行。没想到的是，当地的很多官员也赶来参加，就连犹他州州长赫伯特也出现在活动现场，并且通过扬声器大喊：“伊桑，你是我们的英雄，感谢你成为我们生活中的一部分。”

前两次节日的顺利举行，让小城居民非常欣慰，他们紧接着便开始为伊桑筹办圣诞节狂欢活动。于是便出现了文章开头那一幕。

上午10点左右，一辆消防车来到伊桑家中，他们是专门来带伊桑和小朋友一起去剧院看圣诞剧的。伊桑非常开心，他好像忘记了自己身上的病痛，一直和小朋友们开心地说着、笑着。看到伊桑那么开心，他的母亲詹尼弗也开心地笑了，她说："看到有这么多人为伊桑献出爱心和支持，我们觉得很欣慰。"

晚上，150多人自发聚集到伊桑家前院，他们围着巨大的圣诞树，手捧着红烛，齐唱圣诞颂歌，共同为伊桑许愿。伊桑躺在父母的怀抱中，一直幸福地微笑着。

第二天，伊桑的父母把所有活动的相片都发到了网上。每张相片里，伊桑都露出阳光般灿烂的笑容，看起来非常幸福。有网友称："好有爱的城市，好有爱的小城居民，谢谢你们帮伊桑圆了最后的梦想。"也有网友称："伊桑非常不幸，但同时他又是幸运的，因为有这么多人关心他，爱护他。"一时间，不仅伊桑成为人们心目中的励志英雄，西乔丹也成为爱的代名词。

事后，有人不解地问，为什么西乔丹会倾尽全城之力帮一个孩子圆梦。当地一位市民这样回答道："我们帮伊桑实现最后的愿望，主要是想让他到了天堂之后能够记得，这个世界有爱，这个世界曾经如此特别地爱过他。"

她老了，请对她好点

几年前，我在本地一家商场的音像店找了份假期兼职的工作。节假日时，我从商店里向外看，只见人们像潮水一样涌向商场外的广场，每个人都是脚步匆忙。

一天，我看到一位老太太随着人潮走向柜台，她的到来吸引了我的目光。老太太走路如履薄冰，脚步很慢，但是她的动作没有迟疑，看来是一心想要买到心仪的东西。跟在她身边的是一位年轻女士，看上去像是老太太的女儿。女儿转着眼珠，唉声叹气，过一会儿就看看手表，显得很不耐烦。看样子她要是有根绳子，非把老太太拴在绳子上拽着走不可，好让她跟上其他顾客匆忙的脚步。

老太太离开了年轻女士，走向最近处的DVD光盘柜台，开始挑选起来。我走到老太太跟前，问她是否需要帮忙。老太太微笑着抬起头，递给我一张皱巴巴的纸条，上面写着一个电影光盘的名称。这个电影名很少见，字迹也有些模糊。

我把老太太带到了可能找到这张光盘的另一个柜台前，以便她能尽快找到。我想多陪她一会儿，因为老太太的从容神色让我想起了我的妈妈，我的妈妈在去年圣诞节期间去世了。

我一边走，一边给老太太讲着商店里的陈设：老电视剧区、动作片区、卡通片区、科幻小说区。我不慌不忙地陪着她走，说话和气，老太太看上去挺高兴。

我们找到了她想要的电影光盘，我夸奖着她的眼力。她微笑着告诉我，她在和她的儿子一样年轻的时候就喜欢这部电影了，她希望儿子也能同样喜欢，或者如果他能和他的孩子们一起欣赏就更好了。又走了几步，我只能把老太太交给她的陪护者，那位女士仍在音像店前厅里踱着脚步。我陪着老太太走到收银台前面排队，然后我走向了那位年轻女士。老太太排队来到收银台前，仔细地数着纸币和硬币。

收银员把DVD装进了老太太的塑料袋，我问身旁的年轻女士：“那是你妈妈？”

女士好像看出我对她的不耐烦抱着温和态度，没有说我“多管闲事”，而是回答：“是的。”她有些没好气，一半是无奈，一半是恼火。

我看着老太太，问年轻女士：“我给你一些忠告，可以吗？”

“当然。”女士说。

我向她笑了笑，表示我没有指责她的意思。“对她好点儿。”我说。女士听了，一脸狐疑地看着我，我接着说：“一旦她不在了，你会想起和妈妈相处的那些时光。比如今天这种时候，我有体会。”

我说的是实话，我至今仍然想念着我的妈妈，我对妈妈也有过不耐烦的时候，让她的生活一团糟。这些时刻如今历历在目，每当想起一次，我就心痛一次，但是后悔已晚。

老太太迈着缓慢的脚步回到了她女儿的身旁，她们一起朝商店出口走去。她们并排在门口站了一会儿，看着假日里的购物人潮，等待着走出门口的机会。这时，那位女儿终于关心地看了看她的妈妈，并且把一只手抱在了妈妈的肩膀上，显然她很少这样做，因为她的动作很不自然。然后，她搀扶着老太太，小心翼翼地缓步走出了商店门口。

冒昧地问一句，您是哪位

好友人数已达上限，旧的不去，新的进不来，于是我打开各个分组，开始清理好友。

首先清理的是前单位公司的客户，我的业绩靠他们来提升。如今我早已换了新单位，他们也长久不再联系，所以也没有了存在的必要。

除了这些，还有一些是各个群里的朋友，因为一个共同的爱好而加入同一个群，又因为某次群聊的时候，发现彼此有相同的观点，于是就跳出群，单加为好友。结果往往是在群里聊得欢畅，私下却无话可谈了。每天看着彼此的头像闪亮，却都不想主动打个招呼，删除也是理所应当。

但有一些好友让我为难，早已忘记了是什么原因加为好友的，任我绞尽脑汁也想不起来对方是谁。我把他们的资料和空间打开看，也没想起来，鼠标放在那些名字上，犹豫着、迟疑着，不敢下手，担心或许是哪个同学、同事、邻居，可是让他们无声地占有一席之地，还是觉得不可以。我忽然灵感来袭，想到一个好方法，我给他们每一个人都留言：“你好，我的好友已到上限，现正在清理好友中，恕我健忘，冒昧地问一句，您是哪位？”

接下来的几天，我陆续收到回信，遗憾的是，大部分好友已无瓜葛。有一位叫“高天流云”的好友给我留言说，我也是他的好友，可是他也想不起我是谁，不如互相删了吧。于是，我最后一次和他说了一句：再见，珍重！我和“高天流云”所有的交情到此为止，没有一点伤感和留恋，这也许就是虚拟世界里的简单、快捷和决绝，只要动动手指头，就删除了一切关联，再想要联系，却犹如大海捞针般难。

人生就是这样吧，总有一些人会陪你走过某段路，然后在某个路口轻轻分手，不用问为什么，因为会有新的好友，在接下来的路途中陪着我们继续走。如果恰巧能成为知己不离不弃，那一定是上天对我们的眷顾，这样的缘分，在我的好友里，已然是不多的，遇到了，就好好珍惜吧。

那个橙子，真的好甜

1

每天早上我都会坐803路公交车上班，它总是在8点20分准点到站。如果错过了，就要再等半个小时。很多个清晨，在我走向站台的路上，公交车就从我身边开过去了。我“噔噔噔”地踩着高跟鞋，一路狂追。幸运的是，每次我都能赶在最后一个上车。

有一次，加班到很晚才睡，早上竟然没听到闹钟响。等我急急忙忙下楼，发现公交车已经停在站台了，我奋起直追，眼瞅着最后一个乘客已经上了车，而我离站台还有一段距离，就在我要放弃的时候，却惊喜地发现公交车没有发动。于是我继续狂奔，一上车，就看到司机对着我笑，还没等我开口说谢谢，他就说：“下次，不要穿高跟鞋，很容易崴到脚。”

2

公司设在一栋年久失修的办公楼，楼下有两个电梯。其中一个经常放着维修的牌子，另一个自然是人满为患。我通常都是被人群挤进电梯，缩在角落。但幸运的是，我从来不需要自己按楼层，也不需要喊“帮我按一下”。因为总有一个男生会同时按亮12层和16层，虽然他总是在12层就出了电梯。起初以为他的女朋友在16楼上班，时间久了，才发现他每次都是独来独往，便也觉得奇怪。

有一次，我出差回来，在电梯口正好遇到那个男孩。男孩没来得及按亮楼层，就和我一起被挤到了角落。我于是喊：“帮我按一下。”“几楼？”男孩几乎和我异口同声地说：“16楼。”我回头惊讶地看着他，他回以羞涩一笑。

3

中午，我总是和闺蜜去楼下那家新开的快餐店吃饭。不仅味道好，而且实惠。通常是我们俩一起去，偶尔，也会带一大帮同事去给老板捧场。每次我们去，坐在收银台的老板就会很热情地和我们打招呼：“来啦！”我们就“哈哈”地乐。这个快餐店是按重量收费的，每次我把盒饭放在计价器上，几乎都会显示9块多，有时候是9.36元，有时候是9.89元。我每次都给老板10元，他每次都会退还我1元。

4

单位附近开了一家水果店，几个年轻男孩当老板。价格公道，最重要的是水果真的很甜。那段时间，工作不忙，每到下午犯困的时候，我就会下楼溜进水果店。第一次去，看到香蕉。我怯怯地问："可不可以买一根？"那个最帅气的男孩笑容灿烂地说："当然可以。"我还买过一个猕猴桃，买过一个苹果……有一天，我买了一个橙子，付完账后却不知该怎么办，剥皮的话必会弄得满手果渍，于是，我返回店里，厚着脸皮问："可不可以帮我削皮？"那个最帅气的男孩二话没说，拿起刀帮我削好，笑着递给我。在回办公室的路上，我吃着那个橙子，真的好甜啊！

5

后来，我换了新工作，也搬了家。我坐过很多班次的公交车，很多时候眼看着就要追上了，我在后面气喘吁吁拼命挥手，公交车还是开走了；我上电梯的时候，再也没有遇到会帮我按16楼的男孩；新办公室楼下也有家快餐店，但计价器上显示9.58元的时候，我给10块钱就不会找零了；当我好不容易找到一家水果店，谦和地问："可不可以买一个橙子？"对方说："一个不卖，我们论斤称的。"

也许，正是因为这样，你才特别记得那些对你好的人，尽管你不知道他们的名字。但是，他们就像那个削了皮的橙子，让你的人生一路走，一路甜。

那些善良的人，才是世界的精华

1

在香港上班的时候，最常见到的现象就是一个个打扮精致的女人从IFC购物中心出来，穿过天桥走去四季酒店。

就是那短短的一段路上，有很多乞丐。他们中有一位年迈的老奶奶，没有下肢，一寸寸地在地上爬行，说着我听不懂的话。

一天深夜下班的路上，我又看到那个老奶奶，正准备掏零钱，这时候对面走来一位妆容精致的女人，一身名牌服饰光鲜靓丽，手上还拿着大包小包，大概是刚刚购物回来。她走到乞丐面前想掏钱，却腾不出手来。老奶奶原本渴望地看着她，看到这个情况大概也放弃了，默默地退回身去。

我没想到的是，这个时候，那个女人自己凑过身去，示意老奶奶自己去掏她贴身的腰包。那时候我清楚地看到，那个老奶奶的手很脏，像刚刚捡完煤渣，她颤颤巍巍地伸进那个YSL的丝绒小包里，掏出了十元钱。然后那个女人起身微笑，就匆匆地离开了。

2

刚去华盛顿的时候，总是弄不清地铁路线，第一天上班就上错了线。于是我背着第一天报到用的大包小包冲去看地铁上的线路图，差点一头撞在图上。这时候过来了一个乞丐老爷爷，他用很难听懂的口音问我要去哪里。我告诉他地点之后，他很认真地教我怎么走，从哪里下车。

我当时十分感动，这救急的指导让我本能地想拿出钱给他，可是掏了很久都没有找到现金。看到我掏钱，他一直说："我帮助你并不是为了要钱，不需要了，一会儿我也可以带你下去找到正确的线路。"

正当我感动却遗憾身上没有钱给他的时候，车上几乎每一个人都掏出了零钱递给那个老爷爷，并微笑地看着我。他们都是这个城市里匆匆上下班的年轻人，在地铁上看到这一幕，留下了钱，然后匆匆地下车走了。

3

上大学的时候住在宿舍里，本来自己的垃圾应该分类之后倒进楼下的回收站。可是有一天我生病了，于是昏昏沉沉地把一袋垃圾直接扔进了厕所，在走出厕所的时候，我迷迷糊糊地看到了清理这层楼的清洁工走了过来，他的腿好像受伤了。当时我心里很过意不去，因为厕所是他负责清理的，他大概也看到我丢了东西进去，可是他什么也没说，还冲着我微笑了一下。

那次之后我就忘了这件事。某一天和一个人吵架吵得很凶，挂了电话之后一个人在宿舍哭了起来，自己都不记得哭了多久，只记得又哭又闹之后直接趴在床上睡着了。

第二天醒来的时候，打开宿舍门，发现门口有一枝小花，上面有一张小字条，写着：不管是因为什么，六个月之后，一定都会好的。

落款处，就是那位清洁工的名字。

记得很小的时候，妈妈总是很爱和家里的小时工聊天，知道她有一个和我差不多大的女儿的时候，总是很认真地整理我不喜欢的衣服送给她，她总是如获至宝。妈妈也从来不会挂掉任何推销员的电话，总是很耐心地道歉说："对不起，我并不需要这个，耽误你的时间了。"

总觉得妈妈的这两个细节，从小到大，对我的影响最深刻。

王尔德曾说，有许多品德美好的人，如渔民、牧羊人、农夫、做工的人，尽管他们对艺术一无所知，但他们，才是大地的精华。

其实在我看来，出身、贫富、教育都无法真正定义一个人，但内心的质地可以。往往是生活中的细节最能够折射人性深处的闪光和黑暗。

深夜时分，有一盏灯为你亮着

夜深了，肚子饿了，想找一家小食店，随便吃点什么。

这时候，城市的霓虹灯逐渐稀落，夜店门口是三五成群打车离去的人，一些公交车静悄悄地停在路边，笼罩一大片阴影。

睡着的人以为这城市也睡着了，没睡着的人知道这城市还有它的热闹。

当年有位老兄初到广州，住在城中村逼仄昏暗的单人房，夜里穷极无聊，一个人出来瞎逛。鸡肠小街七拐八绕，老房子在黑夜中更加破落诡异，人声或灯光偶尔从一个隐秘的角落传出来，他甩着北方人独有的大膀子，走啊走啊。突然某一瞬，他从某个路口走出去，一下子跌进另一个世界——灯光灿灿、人群鼎沸，熟食热气氤氲，啤酒泡沫飞溅，服装店里衣装鲜亮，一条长街密布人流，商铺食肆紧挤成堆，这里比白天更热闹。

他看傻了。一直以为荒凉的地方，却原来藏匿着热闹非凡；一直以为夜深人静，却有无数人精神抖擞得像是从不需要白天。想吃，想玩，想买，想发呆，这儿统统具备，店家殷勤招呼客人，脸上没有丝毫倦意。夜里有客，夜里就有店开，管他几点。

夜深了，肚子饿了，要找一家小食店随便吃点什么时，也不一定非得奔着灯火通明的地方去。

有些小食店，散布在寂寞街巷的某个不起眼的地方，门脸窄窄，桌凳小小，老板沉默寡言，三两个服务员也可以大大咧咧地打哈欠。不管夜多深，小食店一直开着，直到最后一位客人来了，最后一位客人走了。肠粉，米粉，生滚粥，云吞面，煎饺……最简单的小吃，喂饱了一群不知从哪儿来的夜里人。大家都不怎么说话，慢慢地吃，抬眼跃过街边树梢可以望见一栋拔地而起的大厦，星光寥落。

有段时间，喜欢去一个大学隔壁的小巷里的煎饼店，店主是山东大汉，长着饱满、憨厚的脸，操着一字一顿的普通话，问你煎饼要一个鸡蛋还是两个、要不要辣椒、要不要火腿肠。夜里3点去，仍能吃到新鲜的又脆又香的大煎饼。而隔壁一家炖汤小店，收起砂瓮，开始用未熄的炉火烤锅贴，大葱猪肉馅，一样又脆又香。

还有一条整夜灯火通明的窄窄小街，有一家人开着一个小小的酸辣粉店，去久了，不用张口，他们就知道我要一碗酸辣粉，中辣，加多一份花生。一边吸溜一边听他们拉家常，讲亲戚的孩子娶媳妇，讲家里房子盖了几间。有人匆匆进来，要一碗粉，三五分钟吃完，又匆匆离去。只要不打烊，总断断续续有人来。

深夜里某一家小食店，不需要多好吃，这时来的人，主要想先把肚子填饱，然后回去好好睡一觉。夜深了，肚子饿了，发现有一盏灯为你亮着，虽然只是某家未打烊的熟悉或陌生的小食店，但依然让人觉得温暖。

受伤时，记得找朋友去疗伤

朋友就是拿来麻烦的，使“朋友”一词有了更多的意义。我经常“麻烦”朋友，也喜欢朋友来“麻烦”我，在被朋友“麻烦”中感受友情的坦诚与信任的快乐。

朋友，世间最熟悉的词语，熟悉得叫人百思不解其真谛。一次偶然的事故，使我对“朋友”一词有了更深刻的认识。

春节期间，从家返回单位的途中，突发事故导致右脚轻微骨折。光靠左脚是不能行走的，我无助地待在火车站的站台上掏出手机就打朋友的电话。火车半夜到站，这时，朋友们都关机睡觉了。无奈之下，我只好打120求助了。

躺在医院打点滴的时候，感觉一切都是冰凉的，就连空气和时间都是冰凉冰凉的。在这陌生的城市，我没有亲人，无助的我想起了朋友们，求助的心情促使我接连给非常要好的几个朋友发了同样的信息：“我的脚骨折了……”

手机很安静，时间随着吊瓶的药液一滴一滴融进了我的身体。天亮的时候，我的手机铃声四起，朋友们一一打来了电话，出奇的是，朋友们说的话几乎都是一个语调：“严重吗？在哪家医院？”我就一一告诉朋友们：“没事的，有护士照顾，不麻烦了……别来了，马上转院，同事很快就来接我。”

接完电话，我来精神了！看来，生病光靠医生是不行的，还得靠朋友的“精神剂”来治疗啊！

工作中很少交流感情的同事比亲人更加亲了。同事接送我去医院打针；同事帮我一日三餐买饭；同事帮我端茶递水……

同事集亲人和朋友的感情时刻相伴我们，而我们却如水不知鱼的眼泪一样漠然。人生的旅途中，最纯美的感情都被工作淹没了！

在休养期间，朋友们也一一来看望我。

奇怪了，平时，朋友们同处一城，一年难得见一两次面，就是拿香醇的美酒也诱惑不来的朋友，这次却说来就来了。

人在心理脆弱的时候，一下子就变成了祥林嫂啊。不能行走，躺着或坐着，好生寂寞，就和朋友们聊天。一朋友问，工作不影响吧，脚残又不是脑残；一朋友羡慕地说，你现在牛了哈，终于过上饭来张口的日子哦；一朋友娇嗲地说，怎么这样不小心呀？！哎！马失前蹄啊！

我的脚在同事的照料、朋友的关怀下，一天天好起来了。朋友们又期待地问：“咋样了？马蹄子好了吧！你又是一匹奔跑的黑骏马哦……”

“马蹄子好了吧！闷了这么久，好了就记得先去草地上撒撒欢儿呀！”

“脚好些了吧！……先别急着四处走动，这病得养好，否则，会落下后遗症。”

“马蹄子好了吧！周末一起去踏青啦……”

如果没有朋友，这“伤筋动骨一百天”的时光怎么熬过来啊！有了电话和互联网，夜晚的我是孤单而不寂寞。

与朋友分享快乐，快乐便插上翅膀向蓝天上飞翔；与朋友分担忧愁，忧愁伴花随水流……

我们的身心受到伤害的时候，记得找朋友疗伤。

我把最好的东西给你一半

周末，外甥女来我家做客。晚饭我熬了八宝粥，等把粥端上桌，才想起外甥女挑食，好像粥就在外甥女挑的范围内。

我拿眼睛瞄着外甥女，看她是否有不想吃的迹象。她捏着勺子，一点点地挑着碗里的米粥吃，把大枣推到碗的左侧，莲子放到右侧，花生和桂圆也拨到碗边，勺子只掏着中间的米粥吃。不一会儿，她碗里就掏出一个坑儿。

外甥女掏光了碗里的米粥，碗底儿剩了一层桂圆莲子等“嚼货”，她站起来，离开桌子向垃圾桶走去。

“那可都是好东西，别扔啊！”还没等我张口喊她，就见她掀开案板上的粥锅，拿起饭勺往碗里盛粥。原来我错怪她了。

外甥女的粥吃没了，这回碗里已经装了半碗“嚼货”。我说：“吃完了？”她没说话，点点头，却忽然站了起来。这准是要去扔掉碗里的存货。我放下筷子，正襟危坐，准备给她上一课。外甥女却走到我面前，用勺子把碗里的“嚼货”拨到我碗里一半，随后坐回自己的椅子，舀起一枚大枣，舔一下，吃一口。我终于忍不住说：“不喜欢吃？”外甥女歪着头，细声细气地说：“喜欢吃啊。”“喜欢吃，你咋把它们扒拉到一边？还给我一半？”“我是舍不得吃。”外甥女看了我一眼，腼腆地笑了，两只眼睛弯成了可爱的月牙。“好东西我想留到最后，在你没有的时候，分你一半。开心吧？”外甥女说。

本想教育外甥女，却被她教育了。我那历经沧桑已渐渐坚硬如石的心，忽然被女孩细若溪流的声音“滴答”一声，穿透了。

我感谢那缕被岁月吻过的头发

1

午休时分，学生们去食堂吃饭。我在教室里闲坐，静静地看着后面的黑板报。

不知何时，几名女生来到身后。她们叽叽喳喳地小声嘀咕，我没有理会。察觉到有人偶尔触碰我的后背，我回过头来，她们如水般的眼睛凝视着我，轻轻地告诉我，你有白头发了。

我早已接受了镜中的自己鬓间偶染白丝，我捋了一下头发，淡然地说："没关系，长着吧。"

她们扑闪着葡萄般的眼睛："老师，长白发是累的，还是让我们气的？"

"不是，"我摇摇头，"我不会生你们的气，也没感觉过累！"我定睛看一看黑板上的粉笔字，故作轻松地微笑着说："是粉笔面落多了染的呗！"

"老师骗人呢！"她们咯咯笑起来，"把白头发拔去吧！"她们央求着。

我还真是不习惯别人碰自己的头发，“不用了。”

“老师，我拔头发不疼的，我常给我妈妈拔白头发！”我不再拒绝，继续看着黑板报。

我只是感觉自己的头上被轻轻地碰几下，她们递给我三根白头发。“还真是不疼呢，技术挺高！”我赞许道。

秋日暖阳透过窗户，照在后背上暖暖的，我们就在阳光下研究起这三根白发：一根全白了，如银丝般；一根黑白各半；最后一根最有意思，根部黑色，然后渐黄，末端是白色的。

最后有名女生提出要收留我的白发，我递给她，她居然宝贝般小心翼翼夹在书里。

如果不是心灵的亲近，我们不会让他人触碰自己的发丝，我们也同样不会触碰他人的头发。

我感谢那缕被岁月吻过的头发让我感受到了师生真情。

2

回到办公室，记忆的藤蔓延伸到十年前。

那时我不到30岁。有一天，有个男生突然讶异地喊道：“老师，你有白头发了！”我很生气，眉头锁紧用表情否认。为了证明没有说谎，他们马上取来镜子，让我看得一清二楚。当确实看到几丝白发时，我一下子就落泪了，甚至哭出声来。我很悲伤，上班才几年就长出白头发了！学生们惊慌起来，急忙取来面巾纸。女生们边给我擦眼泪边说：“老师，只有三根，别的地方真没有白头发了！”有的学生把发现白头发的男生推到一边，责怪他多嘴。

我擦干眼泪，有些不好意思地笑起来。孩子们如释重负，围着我说：“老师您很年轻的，头发很漂亮，很黑的！”

从那以后，直到他们毕业，不再有人提醒我长了白头发。偶尔有同学控制不住指着我的头发要说什么，马上就会被眼神或手势制止。我知道，他们不想让我伤心。

可是每当我在教室聚精会神地批改作业或备课时，我都感觉到背后有人，而且偶尔碰我一下。其实，我知道她们悄悄地拿着小剪刀来到我身后。我故作不知，心里却洋溢着感动，因为我感受到学生拿着精致的小剪刀从我的发际划过。她们不想让我知道，可我怎能不察觉，我又怎能拂去她们的好意？有人愿意悄悄地为你剪去白发，难道不是一种幸福吗？

头上的白发，是提早被岁月吻过的青丝。而那剪去白发的纯情，却温暖着我的整个心灵。

一个好朋友

若干年前，英国《泰晤士报》曾出了一个谜题，公开征求答案，题目是："从伦敦到罗马，最短的道路是什么？"很多人拿着地图研究，试着从地理位置上找答案，结果都落选了，只有一个答案获奖，那就是"一个好朋友"。是的，一路上有好友相伴，沿途说说笑笑，很快就可以到达目的地。

有一句话说得真好："一个人走，走得快，但是一群人走，走得远。"的确，没有人软弱到不能帮助别人，也没有人刚强到不需要别人的帮助。人生的旅途上少不了朋友的相伴，可以一起分享快乐，分担痛苦。因为分享的快乐是加倍的快乐，而分担的痛苦却是一半的痛苦。

花一些工夫，为自己找几个志同道合的朋友，也花一些工夫，努力成为别人的朋友。

最好的治疗师

已经住院六周半了，我感觉度日如年。医生说手术后我得在医院待上一个月，“到那时你就能恢复50%的力量和柔韧性了”。

我今年13岁，出生时一条腿比另一条腿短，所以接受了这个矫形手术。一个月很快过去了，但我仍出不了院。我腿部的力量已经完全恢复，但柔韧性只恢复了30%。我逐渐失去了信心，经常向护士发脾气，有时理疗也不做。

订午餐的时间到了。

“鸡肉三明治和水果杯”，我不喜欢，于是摁铃把护士叫来。“我能把午餐改成花生奶油、果冻和炸薯条吗？”

“已经下单了，本周你已经改过两次了。”护士说。“求求你了，这是最后一次！”我说。

30分钟后有人敲门，进来一位我没见过的女士，黑皮肤，短发。“你是斯泰茜吗？”她大步走到我床前，背着手。

我点了点头。

“我在食堂工作，我们不会再给你换菜单了。你得和其他病人一样守规矩。”

我点了点头。她是个狠角色，我不想和她争。五分钟后她亲自把午餐端了过来。鸡肉三明治和水果杯。“听说你经常跟护士耍脾气？”

“没有……”我嗫嚅着。

“你是想得到特别关照，而这正是你出不了院的原因。你已经13岁了，不是小孩子了。如果你想回家，就得付出努力，不能指望别人！你下一次理疗是什么时候？”

“3点半。”

“那你最好在那之前把饭吃完！”

等我坐着轮椅前往理疗室时，她已经等在电梯门口了。“你迟到了。”她指着墙上的时钟说，“你最好快点。你干吗还要坐轮椅呢？我听说你应该用拐杖了。”

“轮椅更快些……”我说。

“拄拐杖出院更快！从今天起你用拐杖！”

“好的。”

理疗结束后，治疗师凯莉微笑着递给我一副拐杖。她肯定什么都听说了。

拄着拐杖在走廊里行走很别扭，我一点也不喜欢。但是三天过后，我就喜欢上重新站起来的感觉了。凯莉说：“你的柔韧性恢复得真快，已经40%了。干吗不把一根拐杖扔掉呢？”

“只用一根拐杖，我行吗？”

“你当然能行”，身后又传来食堂大妈的声音。“用你的左腿作支撑，右腿迈出一步，同时移动拐杖。”我照她说的做了。“对，就这样，你学得很快！”

又拄了五天单拐，医生说我可以回家了。

出院那天，父母来接我，我整理行李的时候又听到了那曾经让我生畏的声音。“听说有人今天要回家了！”

“是的，夫人。”我害羞地说。

“回去别犯懒，坚持锻炼，直到完全恢复。坚强点儿！”

“我会的。”我第一次在她脸上看到了微笑。她又对我父母说：“你们得盯着她点儿。”

“我们会的。”

“那好，再见了！”她冲我眨了下眼就离开了。

“她把你训练得服服帖帖的。她是治疗师吗？”妈妈问。

“不是，她是食堂的大妈。”